ラルーナ文庫

仁義なき嫁　緑陰編

高月 紅葉

三交社

CONTENTS

Illustration

高峰 顕

仁義なき嫁　緑陰編

本作品はフィクションです。
実際の人物・団体・事件などにはいっさい関係ありません。

1

薄暗くしたオフィスの窓辺へ立ち、うっすらと映り込んだ三つ揃《ぞろ》えのベスト越しに横浜の夜景を眺める。

街の明かりも港の灯も、夏のけだるさに包まれ、ぼんやりと瞬く。空調の行き届いた部屋にいる周平《しゅうへい》は、ふいに体温を思い出した。

クーラーをつけていても汗ばむのは、行為のせいだ。

腕を抜いた寝間着の柔らかな浴衣《ゆかた》地の上で、しどけなくのけぞる佐和紀《さわき》の肌に触れるとき、周平の心はしっとりと濡《ぬ》れていく。乾いたコンクリートが打ち水を吸い込むように、夕暮れの水やりで庭木が弾むように、乾いていたものすべてが息を吹き返す感覚は、今までのどんな性的快感よりも甘美だ。

なまなましいほどの『生』を感じさせる佐和紀の肢体はなめらかで、絡みつく手は性的に思える一方で力強い。

男同士で結婚して二年と半年。大滝《おおたき》組若頭補佐・岩下《いわした》周平のもとへ嫁入りしてきた弱小団体のチンピラは、いつのまにやら清楚《せいそ》な美貌《びぼう》に似合いの、しとやかな和服姿で組内外の男たちを手玉に取り、いまや関東ヤクザたちの好奇心を一身に集める存在になっている。

　色事師と揶揄《やゆ》されてきた周平と床を共にして、夜毎《よごと》、どんな行為に付き合わされているのか。楚々《そそ》とした外見が妄想へ火をつける。昼は淑女で、夜は娼婦《しょうふ》。それが男の欲望の縮図なのだとしたら、佐和紀は格好のネタだ。実際のところなんて、知らない方が身のためでもある。

　ドアをノックする音が聞こえ、しばらくしてから支倉《はせくら》が入ってきた。

「失礼します。回線が繋《つな》がりました」

　そう言って、部屋に置かれた重厚なデスクに近づき、モニターの電源を入れる。

「現在、スイス時間で十三時三〇分です」

　無駄のない動きで準備を整えた支倉がビジネスチェアの背に手をかける。ワイヤレスのイヤホンマイクを受け取り、耳につけながら、周平は革張りの座面に沈み込んだ。指で押し上げた眼鏡《めがね》越しのモニターに、大滝悠護《ゆうご》の姿が映っていた。大滝組組長の一人息子だが、知人の資産運用などを手伝いながら、その上澄みを種銭にして稼ぐデイトレード集団の元締めだ。住まいはヨーロッパにある。

『Ｇｕｔｅｎ　Ｔａｇ．Ｂｏｎｊｏｕｒ．ｋｏｎｎｉｔｉｗａ』

　ドイツ語、フランス語での挨拶《あいさつ》に続き、外国語訛《なま》りの日本語でふざけた男は、飄々《ひょうひょう》とした顔でにやりと笑う。

「Ｓａｌｕｔ《サリュ》」

周平もくだけたフランス語の挨拶で返した。そのまま本題もフランス語で続けると、

『やめろよ』

悠護はおおげさに嫌がった。

『やくざがフレンチなんかしゃべるな。心底、ムカつく』

「そんなに褒めないでください」

笑って答えた周平の視界の端で、支倉が一礼して部屋を出ていく。

『佐和紀は元気か。そっちは夜だろう。まだ帰らないのかよ』

「関係ない話はしないでください」

『何、それ。俺の昔馴染《むかしなじ》みだろうが。んなこと言ってると、勝手に繋ぎ取るぞ』

約十年前、女に化けた佐和紀に結婚詐欺を仕掛けられた悠護は、まんまと騙《だま》されて大金を注ぎ込んだ。二人が偶然の再会をしたのは、去年のことだ。

「振られたくせに、な」

十年前も、一年前も。佐和紀をなんとかものにしようとした悠護は玉砕している。

たおやかな外見は佐和紀の擬態だ。本性はプロの格闘家でさえ手を焼くケンカ屋で、わりとすぐに火がつき容赦がない。

再会した興奮のまま手籠《てご》めにしようとした悠護は、見事な返り討ちに遭い、あやうく鼻

の骨を折るところだった。

「うっせぇよ。で、あの件な」

形勢が悪いと察した悠護は、あっけなく話題を変える。

「どうでした」

ビジネスチェアのアームに肘《ひじ》を預け、周平は指を組む。

『あれはダメだな。周平の読みが当たってる。……あんなネタ、よく拾ってきたよ。情報屋の腕は本物だ』

調べものを頼んだのは、中華街の情報屋だ。人探しが専門だが、周平の依頼であれば仕事を選ばない。

裏社会の奥にまで情報網を持っているが、佐和紀の両親については情報の出し惜しみをされていた。結婚を機に、肉体的な報酬をやめたことへの不満と嫉妬《しっと》が原因だ。淫乱《いんらん》な男との交渉は岡村《おかむら》に継がせたが、荷の重さは百も承知の采配《さいはい》だった。これもまたいろいろと都合がある。隠された情報を一刻も早く手に入れたかったが、佐和紀に知られて困る関係にはなりたくないと、いまさら、らしくもない道徳観を貫いた。

先週になって、ようやく岡村の努力が実り、すべての情報が報告書として渡されたのだ。

『よっぽど、おまえと寝たいんだろうな。ご褒美あげたら？』

「俺の管轄では、ないので」

『よく言うよなぁ。散々好きにしてきたんだろ？　かなりの美形だって聞いたよ。どうなの？』

悠護がニヤニヤと問いかけてくる。周平はそっけなく答えた。

「美緒《みお》よりは美形です。でも、佐和紀には負ける」

美緒とは、悠護に結婚詐欺を仕掛けた佐和紀が使っていた偽名だ。

『あー、そー』

モニターの中で、悠護はあからさまにムッとした。カールのかかった髪を両手で掻《か》き上げる。

『美緒も、すっごく、かわいかったよ。美形っていうより、かわいかった。純情で、すぐ拗《す》ねて、恥ずかしがりでさぁ。いや、ほんと、男でもいいからキメときゃよかった』

「口先ばっかりだな」

周平が笑い飛ばすと、

『とりあえず、情報屋には今後いっさい手を引くように伝えた方がいい。こんなネタに関《かか》わって消されたら、もったいない。損失だよ。俺たちの他に知ってるのは、支倉と岡村？

……佐和紀には言わない方がいいね』

「はっきりするまでは」

『……はっきりしたら、教えるつもりか？』

真実までたどりつく難しさを悟っている悠護は、それとは別の意味で責めるように言った。知れば佐和紀が傷つく。そんな事実も予想できるからだ。

「あいつの親のことです」

『知ってどうなるって話でもないと思うけど？　自分を捨てた親だ。父親に至っては、あいつが生まれたことも知らないのに』

「それでもあいつにとっては大事なことですよ」

『事と次第によるって言葉、知ってる？』

「……何を、摑《つか》んでるんですか」

周平はデスクの引き出しを開き、中に入っているタバコを取り出した。まだ火はつけない。

『知らない方がいい話だ。確定すれば教えるよ。だから、この話は俺が引き取る』

真顔で答える悠護を見据え、周平は眉《まゆ》をひそめた。悠護が後を続ける。

『もし、大磯《おおいそ》の方からカマをかけられても、知らないって言っといて』

「まさか向こうへ抜けてはいないでしょう」

大磯に広大な隠居宅を構える老人は、日本の表と裏の社会、両方を股《また》にかけるフィクサーだ。悠護の紹介を受けた周平に、次世代の一人と見込まれている。でも、簡単な話じゃない。食うか食われるか。利用されるか、利用するか。常に試され、常に評価されているのだ。

『支倉が周平を裏切るとは思えないからなぁ。ほんと、あんな口うるさい生真面目《きまじめ》人間も惚《ほ》れさせせんだから、オスだよなー。キングオブキング』

「ふざけるな」

支倉は、大磯から送り込まれてきたが、扱いに困って追い出された節がある。だからこそ、他に行き場はなく、周平に誓った忠誠は疑う余地もない。

『ふざけんのが、仕事なんだよ。おまえ、軽井沢《かるいざわ》に来るの？　佐和紀の相手はしてやるからさ、旦那《だんな》さんは都会で仕事してろよ』

悠護の実姉・京子《きょうこ》は、周平が兄弟盃を交わしている大滝組若頭岡崎弘一《おかざきこういち》の嫁であり、実質的にはヤクザ社会における周平の上司だ。京子の息子三人は、悠護の保護のもと、スイスとフランスに留学している。毎年夏になると帰省するが、横浜には寄りつかず、北海道の富良野《ふらの》にある別荘で過ごすことがほとんどだった。今年は京子が佐和紀を連れていくと言い出し、軽井沢での避暑と決まったのだ。

岡崎の休みは周平が働くことで融通できるが、周平の休みは誰《だれ》が働いても補えない。春にも海外旅行のために休んだからなおさらで、スケジュールを調整する支倉はことあるごとに嫌味を言ってくる。

ヤクザの幹部とはいっても、大所帯の渉外担当は暇なしだ。

「俺がいないと寂しがるんだよ。口ではどう言っても、身体《からだ》は素直だ」

あけすけに性的な関係を匂《にお》わせたが、それぐらいで引くような悠護じゃない。姉の京子が眉をひそめて嫌がるような悪さをしてきた仲だ。性分は知っている。

『それぐらい、なんとでもしといてやるって』

「あいつは浮気を黙っていられるタイプじゃない。重荷を押しつけるようなこと、しないでください」

『重荷じゃなきゃ、いいんだろ？　軽く遊ぶってことを教えといてやろうか』

「その自信はどこから来るんでしょうね。今度こそ、鼻を折られますよ」

『ははっ。違いないわ』

陽気に笑い飛ばす年下の悪友を、周平は真顔で眺めた。

＊＊＊

天井の高い応接室は、庭に向かって大きなガラスの扉が作られている。

座り心地のいい椅子《いす》に座った佐和紀は、指に挟んだタバコの煙が拡散しながらも上へと伸びていくのを目で追った。空気は淀《よど》むこともなく、テーブルの上には紅茶の香りが漂っている。

円卓を囲んでいるのは、三人の男だ。和装の佐和紀と、ジャケットを着た能見《のうみ》。相も変わらず少年のように愛らしいユウキは、頬《ほお》が引き締まったのか、少し大人びて見える。

眺めている分にはこれ以上ない容姿だが、口を開けば辛辣《しんらつ》なことを佐和紀は知っていた。元は周平が経営するデートクラブの売れっ子男娼《だんしょう》だが、周平への失恋を乗り越えた現在は、同席している能見と『夫婦』になっている。能見は、武闘派で知られる遠野《とおの》組の『用心棒』兼『格闘指南役』だ。

二人は、結婚式から半年以上過ぎてもまだ別居中で、ユウキは身請けしてくれた養父の樺山《かばやま》と、この洋館で暮らしている。これからも能見はここで暮らさない。もしもあるとすれば、それは能見の『足抜け』を意味するからだ。

「このケーキ、おいしい。どこの店？　箱に書いてあった？」

銀のフォークを口元に寄せ、ユウキは甘ったるい吐息を漏らした。

「確認して教えるよ。京子姉さんが買ってきてくれたから」

佐和紀が答えると、

「なるほどね。あの人、センス良さそうだもんね。……怖いけど」

ぼそりと言って、ケーキを頬張る。

「俺の分も食う？」

円卓を囲んでいる能見が、タバコを離して皿を押しやる。

「もちろん。僕のものだと思ってた」

わがままが長所になってしまうのは美少年の特権だ。

佐和紀さえ思わず微笑《ほほえ》んでしまう愛らしさを振り撒《ま》き、ユウキは長いまつげをしばたたかせる。

この夏、岡崎一家が軽井沢で過ごす別荘は、樺山がユウキのためにと購入し、すでに改装も済んでいる物件だ。

その賃借料代わりの謝礼金とともに託された手土産《てみやげ》が、今絶賛されているケーキだった。

「佐和紀も行くんでしょう？　すごくいい別荘だよ。元はプチホテルだったから、どの部屋もスイートルームだし」

すでに高原の夏を満喫してきたユウキから同意を求められ、能見がタバコの煙を吐き出してうなずく。

「本当にすごい。庭も広いし、綺麗《きれい》だし。広い部屋が四つもある」

「だから、それは僕の友達を連れていけるようにだよ」

「わかってるけど、俺には理解できない感覚なんだよなぁ」

「……ユウキ、おまえさ、友達いるの？」

何気ない佐和紀の一言に、能見の表情が歪《ゆが》む。口にしてはいけないことだと、佐和紀が理解したときにはもう遅い。

小動物めいたユウキの大きな瞳《ひとみ》に見据えられる。嬉《うれ》しいような恥ずかしいような気分になるのは、能見に愛されることですっかり幸せになってしまったユウキから、トゲトゲしい小憎らしさが薄れているせいだ。

ただひたすら愛らしいユウキは、佐和紀の男の部分を刺激してくる。保護欲が掻き立てられたのを見咎《みとが》めた能見が、とんとんっとテーブルを指で叩《たた》いて言った。

「だから、あんたに又貸しさせたんだろ？」

「あぁ！　そっか……」

声をあげて納得すると、今度は能見が睨《にら》まれる。

「友達なんかじゃない！　僕は、周平の役に立つなら……」

「……ん」

能見がふと視線をそらし、ハッと息を呑《の》んだユウキがうつむく。関係のない佐和紀を睨んでから頬を膨らませた。

「あんたのせいだからな」

「えー？　巻き込むなよ。やきもち焼いてもらって本当は嬉しいくせになぁ」

「そうなのか？」

ゲンキンな能見の声が弾み、ユウキは複雑な表情で視線をさまよわせる。

「ユウキは、能見が大好きだもんな？　俺とお茶してても、能見の話しかしないよ」

「マジで。それは初耳。なになに、どんな話？」

「いいの！　聞かないでいいの！」

耳まで真っ赤になったユウキが、能見の指からタバコを引き抜き、灰皿で揉《も》み消す。

「お茶のお代わり、もらってきて！」

「聞きたいんだけど……。俺のエッチに不満があるなら」

「そんな話、するわけないだろ！　もう！　早く行ってきて！」

ティーポットを能見に押しつけ、有無も言わせずに部屋を追い出す。ドアを静かに閉めたユウキがゆっくりと振り向いた。佐和紀は視線をそらしてタバコをふかす。

「満足しかないよな。言ってないの？」

「言ってるに決まってる！　あんたに言ってるのはノロケなんだから。そんなの、義孝《よしたか》に言わないでよね。……恥ずかしいから」

「ふぅん」

よく吠《ほ》える子犬のようだったユウキは、ずいぶんと落ち着き、ぷんぷん怒っていても昔とは違う。精神的に満たされているのが、それだけでわかり、佐和紀はなんともいえない気持ちでテーブルの上の花を眺めた。誰かが幸せになるのはいいことだ。それが自分の友人なら、もっといい。佐和紀にとっては、ユウキも能見も大切な友人だ。相手がどう思っているかは関係なかった。

「ねぇ、先月、誕生日だったでしょ？」

ユウキに呼ばれて振り向くと、おしゃれなスモーキーグリーンの紙袋を差し出される。

「誕生日プレゼントあげる」

ぐいっと紙袋を突き出され、勢い負けした佐和紀は両手で受け取った。中に入っているのは、青海波柄の風呂敷《ふろしき》包みだ。

重くはないが軽くもない。

「僕だけが幸せになるのは不公平だからね」

「俺たちが先だったはずだけど……」

「それ。帰ってから開けて。周平のいないところがいいと思うけど……」

「何？　勝負下着セット？」

「想像力が貧困。未使用だから安心して。劣化したら困るから、あげる」

「だから、勝負下着だろ？　おまえ、どんなの着てんの？　Ｔバックとか？」

「バッカじゃないの。そのチンピラ妄想やめてくれない？　っていうか、男の目で僕を見ないで。あぁ、嫌だ」

「それ。言いすぎだろ？」

「そういう佐和紀こそ、フンドシなんでしょ？　Ｔバックと変わらなくない？」

「おまえが想像してんのは、締め込みだろ。越中は普通のパンツっぽいよ」

「え。本当にフンドシなの？」

「……あー、能見に勧めてみたら？　鍛えてるから、似合いそうだ」

「やめてよ。困る……。目覚めちゃいそうで」

「ナニにだよ」

灰皿の上にタバコの灰を落して、佐和紀は笑った。

窓の向こうでは油照りの夏が唸《うな》りを上げている。でも、優雅な応接室の中は、ほのかな花の香りに包まれ、おだやかな時を刻んでいた。


幸せそうなユウキと能見を満喫した後、帰宅した樺山と四人で夕食を取り、午後十時を回って帰りついた佐和紀は縁側に落ち着いた。

珍しく三井《みつい》が不在で、樺山邸への送り迎えをしたのは石垣《いしがき》だ。色とりどりの英字がプリントされたシャツを着て、座布団もあてずにあぐらを組み、佐和紀に向かって団扇《うちわ》をあおいでいる。母屋にいた岡村慎一郎《しんいちろう》が瓶ビールとつまみを持ってきて、佐和紀は冷えたグラスの中身を飲み干した。

「あちらでは飲まれなかったんですか」

グラスを盆に戻すと、スラックスの膝《ひざ》を揃えた岡村がさらにビールを注ぐ。ジャケットも着たままだが、夏生地が涼しげだ。

「飲んだよ。ハイボール」

　樺山から勧められたのは自慢のワインだったが断った。悪酔いする自覚があったからだ。苦手だと言った佐和紀のために、樺山はウィスキーをソーダで割ってくれた。

「前にも伝えましたが、軽井沢への出入りを一覧表にしておきました。確認してください」

　折り畳んだ紙を開いて渡され、灰色の浴衣で片膝を立てた佐和紀は印刷されている表を眺めた。

　今回の軽井沢行きは、二週間弱の予定だ。それぞれ調整のつかない用事があるらしく、人の出入りは複雑だった。

「岡崎は休みっぱなしだな」

「夏はいつもですよ」

　石垣の言葉に、佐和紀は眉をひそめた。まるで覚えがない。岡崎の動向なんて気にしたこともなかった。

「タカシは、四・五・六日目がいなくって、七から戻ってくるのか。タモツは六からしか来れなくって……悠護と東京？」

「はい。初日は行けなくもないんですけど。一日だけで戻るっていうのもアレですから」

「シンはほとんど来れないんだな。四・五日目のこれは、タカシとタモツがいないからだろ?」

「アニキは向こうでも仕事をされると聞いてますので」

岡村がうなずく。佐和紀は肩をすくめて、ビールを飲んだ。

「俺のお相手ってやつ? 周平もこっちで仕事するよりは、気が楽なのかな。でも、ちぃがべったりだもんな」

佐和紀がちぃと呼ぶのは、周平の片腕である支倉千穂《ちほ》のことだ。

周平は、樺山から借りた別荘では過ごさない。知人の山荘で支倉と寝泊まりすることになっていた。周平との夫婦関係を京子の息子たちに覗《のぞ》かれたくないというのは示し合わせた建前で、真実はまったく別の事情だ。

夏でも涼しい高地で過ごせるこの機会に、周平の刺青《いれずみ》を完成させることになっている。背中寄りの腰の一部分。そこだけが、筋彫りのまま放置されているのは、周平を堕落させた女の嫌がらせだ。

知っているのは、佐和紀と周平、そして支倉と岡崎夫妻だけだった。

「アニキがいるなら、シンさんが無理して行くことないと思うんですけど」

団扇をゆっくりと左右に動かしている石垣が、あぐらの上に頬杖《ほおづえ》をつく。不満げな顔を隠そうともせず、くちびるを尖《とが》らせた。

石垣にしては子どもっぽく、まるで三井のようだったが、そこは指摘しない。

「無理、してんの？」

佐和紀は岡村へと問いかける。

「俺だって、避暑地で優雅に過ごしたいです」

「……俺といて、優雅かどうかだよな」

「シンさんが一人って、よくないと思うんですよね」

石垣がトゲトゲしい声で言い、背筋を伸ばした岡村が肩越しに振り向く。表情は見えなかったが、睨んでいることぐらい佐和紀にもわかる。

岡村には前科があるのだ。ほんの一週間ほど前、佐和紀と二人きりで広島まで出かけ、誰にも言わずに一晩を過ごそうとした。そのことを、石垣は根に持っている。

「支倉さんもいるだろう」

「あの人はアニキ専属じゃないですか」

石垣が声をひそめ、二人の不穏な雰囲気に辟易《へきえき》した佐和紀は、夜の庭先を見つめた。開花を控えた朝顔が、しおらしく蕾《つぼみ》を閉じている。

「シンだって、俺専属だろ」

ぼそりと言って振り向くと、石垣の手が止まる。団扇がぽとりと縁側に落ちた。

「そういうことになってんですか」

ギョロッとした目つきで岡村を睨み、

「なってない、なってない」

年上の舎弟仲間は珍しく笑ってごまかした。

「本当ですか？　それって誰が決めたんですか。アニキですか。姐《あね》さんですか」

前のめりになった石垣が早口にまくしたて、詰め寄られた岡村は夏仕立てのジャケットの胸元を手のひらで押さえた。

震えている携帯電話を取り出し、佐和紀へ会釈して立ち上がる。

「三十分後にお戻りになるそうです」

周平を送ってくる車からの連絡だ。電話を終えた岡村からの報告を受け、盆の上の炙《あぶ》り明太子を口に放り込んだ佐和紀はうなずき返す。

「わかった。俺は風呂に入るから、おまえらはもう帰っていいよ」

「明日のご予定は」

岡村に聞かれ、

「んー、ない」

と答えたが、ふいに思いついて石垣を振り向いた。

「タモツ、明日ヒマ？　時間があるなら、本屋に付き合って」

「いいですよ。午後に時間を作ります」

「じゃあ、そういうことで」

快諾されて立ち上がった佐和紀は、不満げな表情を隠せていない岡村の肩を叩いた。

「おやすみ」と二人に声をかけ、返事を背中に聞く。

着替えを取りに自室へ向かうと、追いかけてくる足音がした。石垣に呼び止められ振り向く。忘れ物だと渡されたのは、スモーキーグリーンの紙袋だった。中に青海波柄の風呂敷が見える。

「おまえがいなくなると、本を買うのにも困るな」

受け取りながら言うと、石垣の視線がふっとそれる。でも、すぐに佐和紀を見た。

「スマホかパソコンを持ってくださいよ」

「えー……」

「持ち歩かなくてもいいんですから」

「扱えると思うか？」

「今は、ビデオ電話も簡単ですから。ボタンを押すだけですよ」

「……うーん。考えておく、けど」

「はい。アニキにも相談してください」

悠護の斡旋《あっせん》でアメリカ留学が決まっている石垣がここにいるのもあと一年ほどのことだ。

自室に入り、飲み込めないため息をつく。

高学歴の石垣は優秀な男だ。カタギに戻って実力を発揮できることは、誰の目から見たって正しい。頭ではそうわかっていても、世話係としての石垣を惜しむ気持ちは日に日に大きくなっていく一方だ。

自分なりの勉強をしたいと相談した佐和紀に、読書を勧めてくれたのは石垣だった。読みやすい短編連作の時代小説から始まり、今では長編の仮想伝記ものも読みこなせる。何よりも、独自の解説やお互いの感想を話すのが楽しかった。

憂鬱《ゆううつ》になりながら、ユウキにもらった風呂敷包みを開いた。中から桐箱が出てくる。壁沿いに置いたサイドテーブルの上で蓋《ふた》を取った。

テロッとした、ツヤ感のある布地がかぶさっている。それを左右上下に開いた佐和紀は、ぐったりとうなだれた。小さく唸る。

絹に包まれているのは、真っ黒いディルドだ。いわゆる、大人のオモチャ。しかも、遊び心など微塵《みじん》もない、リアルな形をしている。

「……何、これ」

としか言いようがない。指で押してみると弾力性があり、いっそう生々しい。握ると、見た目より太かった。カリが高いのも卑猥《ひわい》で、似たようなエグいのを知ってると思いかけた瞬間、ドアをノックする音に飛び上がった。慌ててディルドを箱に戻し、蓋をするより先に、風呂敷を載せて隠す。

「ただいま」

と声をかけられ、予定より早く帰ってきた周平を振り向く。驚いたと答えながら近づき、キスを交わした。

「驚かせて悪かったな。もう眠いのか？」

優しい目で顔を覗き込まれて、ただ笑い返す。

見つめられているだけなのに、足元がふわふわとおぼつかなくなり、腕の中へ倒れ込みたくなる。幸せムードいっぱいの能見とユウキに会ったからなおさらだ。

「風呂がまだなら一緒にどうだ」

「何もしないっていうなら……」

「したいんだけどな」

腰を引き寄せられ、ストレートな誘いに目を伏せる。

「布団でならいいけど」

恥ずかしがって断る間柄でもない。夏の風呂場はのぼせやすいから嫌なだけだ。

「じゃあ、先に汗を流すか」

浴衣の裾《すそ》を摑まれ、たくし上げられる。近づいてきたくちびるを受け入れると、濡れた舌が滑り込んできた。

「んっ……っ、ふ」

素足に、サッカー地のスラックスが心地いい。腰をすり寄せられ、思わず受け入れかける。佐和紀は慌てて身体を離した。

「今抜かれたら、満足しちゃいそうだから」

そう言うと、周平は素直に手を引く。

「ユウキのところから帰ってきたばっかりだし。シャワーでいいから浴びたい」

寝間着の浴衣を出しながら言い、自室へ向かう周平を追う。

それぞれに部屋はあるが、置かれているのは衣装ダンスと本棚、そして姿見の鏡ぐらいだ。荷物置きとしてしか利用していない。

スーツのジャケットを脱ぐ周平を手伝い、ポケットの中のものを取り出すのは本人に任せる。高級時計をはずす姿勢に惚れ惚れしながら、佐和紀は壁にもたれた。

「京子さんの息子って、どんな感じ？　一番上は二十一歳だろ？　次が二十歳《はたち》で……、フランスの大学に行ってんだっけ？　岡崎との子どもは何歳？」

「幸弘《ゆきひろ》は七歳だな。上の二人は京子さん似だよ。良くも悪くもそっくりだ」

「下は？」

「弘一さんにそっくり」

「それ、かわいい、かなぁ……？」

佐和紀が首を傾《かし》げると、ベストを脱いだ周平が笑う。

「昭和の子って感じだな。最後に会ったのは、三年前だ」

「かわいいかもな」

昭和の子と言われると素朴な感じがする。岡崎の顔はいっさい思い出さずに答えた。

「一番上の皐月《さつき》と似て、純粋な子だ。二番目の環奈《かんな》は悠護に影響を受けてるから面倒だな。上の二人に会うのは五年ぶりになる」

「……じゃあ、補佐になる前だよな。俺は、悠護がめんどくさいよ。来なくていいのに」

「向こうは楽しみにしてるぞ」

肩をすくめてみせる周平は、悠護を嫌がっている佐和紀の言葉にどこか嬉しそうだ。

「だから、嫌なんだよ」

佐和紀は箪笥《たんす》の引き出しを開け、周平の着替えを探す。その途中にもキスを迫られ、断る理由もなく、抱き寄せられるままに身を任せた。

染み込んでいるタバコの匂いの中に、淡く消えかかったコロンの香りがして、静かに目を閉じる。指に首筋をくすぐられ、身をよじらせながら一歩を踏み出した。

2

明け方まで降っていたという雨の匂いが、開け放った窓から忍び入る花の匂いと混じり合い、高原の別荘は恐ろしく別世界だった。

石柱だけのゲートから続く石畳へ車で入り、こぢんまりとしたロータリーを見た瞬間から、想像とはまったく違うことを理解した。

数段しかない階段と、その先に見える緑溢《あふ》れたアプローチ。こげ茶色の木材と石壁の洋館は、まるでおとぎ話の挿絵だ。

絵になりすぎる佇《たたず》まいに、佐和紀の横に並んだ京子は、うっとりと息を吐き出した。

洋館の中も期待以上で、扉のガラスにはエッチングが施され、照明も家具もアンティークで、布地の色や柄に至るまでヨーロッパテイストでまとめられていた。

以前の持ち主から建物ごと買い取った樺山の豪快さはすごいの一言に尽きる。そして、この屋敷に『天祐《てんゆう》荘』と名付けた愛情の深さに佐和紀は感じ入った。

客だった樺山は、自分の養子としてユウキを迎え入れ、能見との恋愛どころか結婚まで許したのだ。愛した相手が満たされることを望み、先の見えている自分に尽くすことよりも、自身の幸せを獲得して欲しいと願っている。

『天祐荘』の祐の字が、祐希《ユウキ》の名前から取られたことは、事情を知る人間なら察しがつく。

屋敷は斜面を利用して建てられており、入り口のある二階にキッチンとダイニング、暖炉の置かれたサロンとリビングもある。居室は一階と三階に二部屋ずつで、それぞれに居間と寝室、トイレと、バスタブもしくはシャワーブースがついている。

今回は三階を岡崎の家族が使い、一階のメインルームを佐和紀が一人で、もう一部屋は世話係が使うことになった。

メインルームに佐和紀と周平以外を泊めないというのも、貸し出しの条件に入っている。

部屋で荷物を解き、あらかたをクローゼットに収めて戻ると、テラスの椅子に座った三井がタバコをふかしていた。普段は絵にならない男まで、この屋敷は雰囲気の中に取り込んでしまう。

寝室の窓から見えた庭の垣根に、小さな黄色い野ばらが無数に咲いていた。繁る緑が目に優しい。

「ユウキはうまくやったよな」

ぼそりとつぶやく三井も、華やかな黄ばらにユウキの面影を重ねたのだろう。

「優しいおじいちゃんにもらわれて、一本気な男とくっついて。これから先は金の苦労もなさそうだ」

言葉とは裏腹に、三井の口調は重い。でも、そこにあるのは妬《ねた》みでも先行きの不安でもなく、自分の尊厳を切り売りしてきたユウキの『これまで』に対する感慨だった。

「おまえ、案外、さびしいの？」

シャリ感のある夏着物の衿《えり》をしごきながら近づくと、三井はガラ悪く、ケッと息を吐いた。

「姐さん、考えたことある？　ユウキがどん底だったのは、アニキに会う前だ。その後も酷《ひど》いことはあっただろうけど、それでも、アニキがいたんだよな。……あいつにとっては死んででも欲しかったのが、アニキの心だ」

いつものようによくしゃべる三井は、いつになく真面目なことを口にしている。窓の外を見る目がふと細くなり、くわえタバコで髪を解いた。長い髪が揺れる。

「今のあいつの暮らしのすべてをひっくるめてもさ、たぶん、イコールにはならねぇよな」

「……何、それ」

佐和紀は本気で理解できず、尋ね返した。

「幸せでなくても兄貴がいればそれでよかったんだよ、あいつは。だけど、あきらめたら幸せになっちゃったんだよ。それって、どういうことなのかなーって、思うんだよな」

「わけがわからないんだけど。そういうことは、タモツかシンに聞いた方がいいんじゃねぇの？　俺とおまえじゃ、バカが重なるだけだ」

「それ、似たようなこと、タモッちゃんに言われたことある。ゼロとゼロは足し算しても掛け算してもゼロにしかならないんだって話だろ」

「ユウキと周平もそれだろ」

「……うわー、うまくまとめられた！」

ふざける三井の後頭部を叩き、佐和紀は立ったままでタバコを吸った。

「アニキの方には泊まらないの？」

前髪を掻き上げた三井がタバコを消す。

「たまには行くと思うけど……」

「あぁ、あっちは支倉さんいるもんな」

支倉は口うるさくて有名だ。大滝組の事務所では『風紀委員』と呼ばれている。

「ここで周平と泊まるのはちょっとな……。あいつ、すぐにエロいことしようとするし、容赦ねぇだろ？　お子さんもいるのに、冗談じゃない」

「……声を我慢するとか、そういう選択肢はないの？」

「あると思ってんのか？」

周平を相手にして、そんな余裕が残されるはずがない。相手が嫁ともなればなおさらだ。

本人が手加減しているつもりでも、じゅうぶんに前のめりだから大差がない。

「上はもう二十歳過ぎだっていうじゃん」

苦笑いをこらえ、三井は髪をひとつにまとめた。仲のいいキャバ嬢にもらったというゴムにはキャンディカラーの飾りがついている。

世話係の三人も、上の二人とは会ったことがなく、末っ子も赤ん坊の頃に見ただけという話だ。

「下が小さいだろ。絶対に嫌だ」

「姐さんはそういうとこが真面目だよな。でも、この部屋にアニキを入れたら、泊まらせなくても一緒だと思うけど……」

ひひひと笑う三井に流し目を送ると、喉《のど》に息を詰まらせてむせた。咳《せ》き込みながら、部屋をノックする音に気づいて立ち上がる。佐和紀も後を追うと、食事兼雑用係として連れてこられた構成員の一人が顔を見せた。あと一人いて、彼らは敷地内にある離れの小屋で寝泊まりするのだ。

京子の息子たちを駅まで迎えに行った車が戻ったと言われ、三井が部屋の窓を閉めて回る。

佐和紀は構成員と一緒に階段を上がった。

ダイニングを抜けると、張りのある若い男の声が聞こえ、幼い声は息つく暇もなくしゃべり続けている。いち早く気づいた京子に呼ばれ、ソファーに座った岡崎の膝の上にいた少年が話をやめた。母親のそばへ寄る。

髪をさっぱりと短くした男の子は、周平から聞いた通り、父親譲りの勝気な目をしていた。背は低いが、肩の張った身体つきは、すでに未来の体格を想像させる。

「この子が末っ子の幸弘。長男の皐月と次男の環奈よ。こちらは周平のパートナーで、佐和紀」

「パートナーってビジネスですか？　それともプライベート？」

長男の皐月よりも先に手を差し出してきた環奈は、背が高く、きりりと太い眉が印象的だ。笑うと口角が上がり、陽気な印象がある。

「どっちもよ」

と京子が答えた。佐和紀は続けて皐月と握手する。佐和紀よりも背が低く華奢《きゃしゃ》で、白いリネンのシャツと奥二重の目が思慮深い性格を思わせる。カールのかかった髪は環奈と同じだが、皐月は襟足をさっぱりと切り揃えていた。

最後に幸弘にも握手を求め、佐和紀は三者三様の息子たちをぐるりと見渡した。思慮深そうな皐月と正義感を感じさせる幸弘。そんな二人に挟まれた次男の環奈に、周平の言葉を思い出す。どことなく軽薄な雰囲気に悠護の影が見えた。

「周平さんは？」

環奈が声をかけたのは、彼にとって義父にあたる岡崎だ。

「呼び出したから、もうすぐ来る」

佐和紀を送り届けて山荘へ逃げたが、兄貴分からの強制呼び出しには従うしかない。

「一緒に泊まればいいのに。ここ、基本的にツインルームなんだろ？　佐和紀さんが一人部屋なら、ベッドは空いてるんじゃない？」

環奈の言葉に、皐月が振り向く。疑問に答えたのは、京子だ。

「あの部屋はダブルベッドなのよ」

ビジネスとプライベート。両方のパートナーだと紹介した関係を、ダブルベッドで寝るような関係でもないと濁してしまう。

「ふぅん」

環奈はあいまいな返事をし、そんな弟の態度を見守る皐月が表情を曇らせた。

「補佐がお着きになりました」

構成員の声がしたのと同時に出入り口へ視線が集まり、その中へ現れた周平は驚きも戸惑いもせず、いつもの颯爽《さっそう》とした足取りのまま進んでくる。

ピーコックブルーのシャツは佐和紀が選んだ服だ。刺青が見えない七分袖で、そこから伸びる腕は適度に鍛えられている。ジャケットを着ていないときぐらい気軽に触れていたくて選んだ丈だが、このことは周平にも秘密だった。

胸板の厚い周平は柔らかなサマーセーターも似合うが、ほどよく地黒な肌には、明るい

色彩と薄手のコットンシャツをまくり上げる逞《たくま》しさがいい。

意味もなく撫《な》でさすっているときの感覚を思い出した佐和紀は、夜に頬をすり寄せる瞬間にまで記憶を飛ばしてしまい、赤面しそうになるのを慌ててこらえた。

周平にだけ気づかれ、瞳の奥で笑われる。

睨み返す余裕もなく、どぎまぎと視線をそらした。

悪いのは周平だ。そう心の中で繰り返す。

一緒の宿にしなくてよかったとつくづく思う。周平は立っているだけでも欲情を誘う男だ。日々、一緒に暮らしているからこそ、佐和紀のスイッチは入りやすい。

わかっていても自制がきかないから、こういうときはなるべく離れているのが得策だ。

環奈と挨拶を交わした周平は、次に皐月と挨拶をする。どちらに対しても愛想笑いひとつ浮かべず、淡々と言葉を交わした。

岡崎と京子にとってはいつものことなのだろう。悠護が着く頃じゃないかと話し始め、佐和紀は一人でヒヤヒヤした。

そっけない態度が悪いとは思わない。でも、皐月は気安さを期待している。まるで爪先《つまさき》立ちしそうな勢いで見上げているのに、そっくり無視されているのがかわいそうだった。

二人の間を取り持ってやろうかと思った次の瞬間には、周平の身体は幸弘に向いていた。

「すっかり人間になってるな」

ふと漏らした一言に、岡崎が笑った。

「元から人間の子だ」

「まだ理性のない生き物だったじゃないですか。顔がしっかりして……。弘一さんにそっくりだ。特に目元」

「不幸だろ」

岡崎の笑い声は佐和紀に向けられる。

「答えに困る……困ります」

子どもたちの前だと思い出し、いつもの乱暴な口調を正す。周平と岡崎の両方から笑いをこらえた目で見られ、佐和紀の眉がピクピクと痙攣《けいれん》する。いつもと違う佐和紀をおもしろがっている二人は口をつぐんだ。

どっちを先に睨んでやろうか。

目をすがめた佐和紀が真剣に思い悩む一方で、環奈と幸弘が耳をそばだてるように背筋を伸ばした。直後には、佐和紀の耳にも小気味のいいエンジン音が聞こえてくる。

「悠護だ！」

叫んだ幸弘が皐月の腕を引いた。

皐月と一緒に出ていった幸弘の後を環奈が追いかけ、佐和紀はリビングにいた三井を誘った。

エンジン音には気づいていなかったが、車が見えるよりも先に背を伸ばす。元暴走族だけに、車やバイクには目がない男だ。

二人の後に周平が続き、岡崎と京子もついてくる。

「おっ、新型アウディ」

佐和紀の横に並んだ三井の声が弾む。レンガ敷きのアプローチの先にまず見えるのは周平の青いコンバーチブルだ。その隣に、初めて見るグレーのスポーツカーが並んでいた。いかにもスピードの出そうな車体は流線形が美しく、横長のヘッドライトが凛々《りり》しい。ワイルドなフロントグリルの上方には、四つの丸が連なったマークが輝いている。

車体の低い運転席のドアは開いたままで、目に眩《まぶ》しいショッキングピンクのシャツを着た男が、サングラスを頭に乗せ直す。

他の人間には目もくれず、佐和紀を真っ先に探し出した。

「佐和ちゃーん」

嬉しそうに笑う声が響き、手を振られた佐和紀は、相変わらずのチンピラぶりにしかめっ面を返す。洋装になれば負けず劣らずのチンピラになる自分のことは棚上げだ。

それでも、スピードの出る車への好奇心までは消せなかった。周平の車に気を取られている三兄弟を横目に、悠護のことは無視して車へ近づく。

「何、これ。速い？」

三井に聞いたつもりだったが、

「まぁまぁかな」

と悠護が答えた。シートは赤い革で背もたれ部分にダイヤ柄のステッチが入っている。

「向こうから持ってきたわけじゃないよな」

「日本のナンバーがついてるだろ」

スゲースゲーだけを繰り返していた三井が、ようやく会話に入ってきた。

「軽井沢用に買ったんだ。受け取ってきたところ。慣らし運転しに行くけど、横、乗る？　車種には慣れてるから心配ないよ？」

三井に答えながらも、さりげなく佐和紀の気を引く。

うっかり、うなずいてしまった佐和紀の横から、釘《くぎ》を刺すような苦笑いが聞こえた。会話に入ってきた周平は、そのまま車内を覗き込み、コントロールパネルを褒める。

「慣らし運転に連れていくだけだ。でも、運転はできるんだろ？」

悠護が軽く言い、周平は眉をひそめた。

「……免許を持ってませんよ。タカシ、ついていけ」

「悪いけど、無理。二人乗り」

周平に答えた悠護が車の右側に回り、ドアを開けた。

「来いよ、佐和紀。イタリア車とは違う乗り心地を楽しませてやるよ」

「これ、どこの国の車？」

誘われるままに近づこうとした腕を摑まれ、佐和紀は周平を振り向く。悪気もなく、にこりと笑いかけ、指をさらっとほどいた。

「すぐに戻るから」

「車しか見えてねぇだろ」

額を押さえた三井がぼやく。

「そういうことだから、また後でな」

勝ち誇った悠護が丁寧にドアを閉め、サングラスをかけ直して周平の肩を押しのける。

助手席のドアに張りついた三井は、慌てて窓を叩く。瞬時に車の値段を思い出したのだろう。ハッと自分の手のひらを見たが、それよりも重要な使命を思い出した顔で声を張りあげた。

「姐さん！　十五分以内だ！　十五分で戻れよ」

「はぁ？　なんで」

悠護が窓を開け、身体にベルトをあてがった佐和紀も眉をひそめた。

「それ以上あったら、何かできちゃうだろ。誤解されるしっ。だいたい二十分あれば一発済むってわかってんのか？」

「……死ぬか、てめぇ」

シートベルトの最後を悠護に任せた佐和紀が鋭い視線になっても、三井はへこたれない。

「おまえのために言ってんだよ。アニキの顔見てみろ」

その一言で、佐和紀はようやく事態を理解した。

「あぁ……」

一瞬の逡巡《しゅんじゅん》があり、直後にはのんきにうなずく。

「とりあえず、ゴキゲン取りよろしく」

「俺に言うな。冗談じゃねぇぞ。……あの、悠護さん？　どうぞ、十五分で」

窓から車内へと身を乗り入れてくる三井の肩を、佐和紀は力任せに押し出した。

「ムリじゃね？」

悠護は笑って首を傾げる。

「……それで、腰が抜けるほどお仕置きされるのは、うちの姐さんなんでね。そこんとこ、どうぞよろしくお願いします」

はっきりとした口調で釘を刺す。悠護に対する警戒心の表れだったが、腰が抜けるほどのお仕置きと言われ、そわそわと落ち着きをなくした佐和紀にはわからない。

「十五分で戻るから、降りるな」

悠護が佐和紀の腕を掴んで言った。三井には強気に出られても、同じことが佐和紀にはできないのだ。

「十五分で戻る」

佐和紀はくるりと三井を振り返り、悠護の言葉を繰り返す。

「……降りねぇのかよ」

三井はくちびるを尖らせたが、車がゆっくりと動き出し、話はそこまでになった。

「周平が止めるかと思ったけど、案外あっさりしてたな」

パドルシフトを操作する悠護の手元を見ながら、佐和紀は身体を包み込むシートに沈み込んだ。視界が低いのは周平のフェラーリと変わらない。ほどよく響いてくるエンジンも後ろにあり、安定した車体バランスは加速もなめらかだ。

「キスしてくれたら、運転代わるけど？」

舗装された山道を選びながら、悠護が声をかけてくる。ちらりと向けられた視線は、佐和紀の顔をまじまじと観察してそれた。

「免許、ねぇんだよ。周平が言ってただろ」

「山道に警察がいると思うか？」

木漏れ日が揺れる道路の端に車が停まる。後続車はない。

狭いスポーツカーの車内で、シートベルトを外した悠護が顔を近づけてくる。佐和紀はそのあごを押し戻した。

「会って五分でこれか……。ぶっ殺すぞ」

柔らかく香るシトラスは、悠護のコロンだ。周平とはまったく系統の違う香りは、二人の年齢と性格の違いを感じさせる。

「運転したいんだろ？」

「おまえを乗せては走りたくない」

オートマチックなら運転はできる。岡村に頼んで特訓してもらっているからだ。周平には秘密だが、バレていないとは思っていない。見逃されているだけだ。

「会って五分でノロケを聞かせるってのも酷い話だな」

力任せに押しのけられた悠護は、身体をよじりながらステアリングに肘を乗せた。どこまで本気なのかわからない飄々とした表情で、冷たくあしらわれていることさえ楽しんでいるようだ。

そういう軽薄さが鬱陶《うっとう》しく感じられる一方で気安く思えるのも、佐和紀の中にあるチンピラの性分だ。

昔馴染みとの気の置けないやりとりに胸が弾み、到底周平には言えないと思いながら、眼鏡を指で押し上げ、冷たい視線を向けた。

「十五分しかないいんだから、早く出せよ」

「あ、今の、エロ……」

最後まで口にさせず、出し抜けに頬を叩く。殴られた悠護はにやりと笑う。

周平はこの展開を予想していたのだと、佐和紀にもようやく理解ができた。道理で、止めようとしないわけだ。

悠護への一発は佐和紀に任せ、佐和紀へのお仕置きはいつもの調子でねっとりとするつもりでいるのだろう。

思わず想像してしまい、佐和紀はぎりぎりと眉根を引き絞りながら窓の外を睨んだ。

「……え。ごめん。ごめんね？」

悠護が弱り切った表情で声をひそめたが、勘違いを正すつもりはない。佐和紀は静かに息を吐き出した。

＊＊＊

ホテルとして使われていたとはいえ、天祐荘を取り囲むコテージガーデンはよく出来ている。

木板をラフに並べた遊歩道を眺めながら、周平は屋敷の陰に置かれた椅子のそばでタバコに火をつけた。

好き勝手に生えているように見える草木はすべて計算されたものだ。深い緑に、淡い緑。様々な緑葉《りょくよう》の色を背景に、バラをはじめとした花がまんべんなく咲いている。どこを切り取っても美しく、絵葉書のようだ。

歌うような鳥のさえずりに、別の鳴き声が呼応する。

自然が発する音しか聞こえない。それは、周平が借りている山荘も同じだが、雰囲気はまるで違う。向こうは白樺《しらかば》の木々に囲まれ、風が空を渡るたびに清《さや》かな葉ずれの音が響く。ここだけでひとつの世界を成している天祐荘とは違い、目を凝らせば、隣の敷地に建つ別荘が見える。

タバコをふかしながら、周平は鉄製の椅子に腰かけた。

悪気のない佐和紀の顔を思い出す。悠護のことを友人以下に扱うことが気安さの証《あかし》になると、本人にはまるで自覚がない。出会った十六歳の頃のままのつもりでいるのだ。人の気も知らないで、と思う。

自分が佐和紀にとって特別な男だということはわかっている。でも、『特別』にもいろいろあることを佐和紀は理解していない。そういうところが幼くて、ときどきせつなくなるぐらいだ。

だから、すべてを独り占めできるわけじゃないことを知っている周平も、たまには子どもじみた要求で佐和紀を困らせてみたくなる。

驚いて困惑して、きっと佐和紀はすべてを肯定しようとするだろう。今までもそうだった。叶《かな》わないことさえ成就させてしまう男だ。ときに身体を開き、ときに抱き寄せ、夜通し髪を撫でるだけで周平の不満を鎮めてしまう。

身体の渇きは身体で、心の渇きは心で。

そういうことを無自覚に心得えて実行する佐和紀の勘所のよさが、男たちをたらし込むのだ。

悠護だけじゃなく岡崎も同じだ。揃いも揃ってあきらめが悪い。

男たちの報われない恋心を思って頬をゆるめた周平は、自分だけが踏み込める秘密の庭を思い出し、眩しさに目を細める。

佐和紀の指に肌をなぞられ、甘酸っぱい匂いを吸い込むときの淫靡《いんび》な感覚が全身を駆け回っていく。その先を想像しようとした矢先に人の気配を感じて表情を消した。

「周平さん。中でお茶でもどうですか」

声をかけてきたのは皐月だった。最後に会った五年前よりも頬の肉が落ちて大人びたが、華奢な身体つきは変わらない。

一瞥《いちべつ》を投げただけで返事をせず、タバコを口にくわえて立ち上がる。

「佐和紀さんと結婚してるって、本当ですか。あの……っ」

「関係ない。悠護がそう言ったなら、そうなんだろう」

「ま、待ってください」

遊歩道へ戻ろうとした周平の腕を、皐月が摑んだ。両手の指は細く、ひんやりと冷たい。

「二十歳に、なったんです」

「それが？」

指をほどき、筒形の吸殻入れにタバコを捨てる。

「抱いてください」

飛躍したことを言い出した皐月が、大きく息を吸い込む。

「約束、してくれたの……ぼくは覚えてます」

「忘れた」

眼鏡を指で押し上げてそっけなく答えたが、そのまま立ち去ることもできない。

涙を浮かべた瞳で見上げてくる皐月は、奥二重の瞳以外は女親に似てそれなりに美形だ。

確かに五年前はそう思った。

「したとしても、冗談に決まってるだろう」

「ぼくは、本気です」

「……おまえとは無理だ」

「どうしてですか」

まっすぐに見つめられ、五年前のキスを思い出す。苦い後悔が口の中に広がり、その後の余計な行為も甦《よみがえ》る。生まれて初めての自慰を教えられた皐月は、そのまま最後までされるものと思い込んでいた。

　京子に対するあてつけにならそれもよかったが、京子以上に面倒なのは岡崎だ。叱責《しっせき》を受けたくなくて、寸前で手を引いた。

「その気になると思うのか」

「一度でいいんです」

　強い口調で詰め寄ってくる皐月は、顔を真っ赤に上気させ、瞳を潤ませる。

「誰にも言いません。初めては周平さんだって決めていたんです」

　周平の立場や都合などは考えていない。悠護に引き取られ、不自由なく暮らしている育ちが、控えめにしていても滲《にじ》み出す頑固さに垣間《かいま》見える。それは皐月だけじゃなく、環奈も同じだ。

　だから、周平は二人が好きになれない。

「なおさら嫌だ。おまえの初体験の相手になったって知られたら、機嫌を損ねるぐらいじゃ済まない」

「母ですか」

　まっすぐに問われ、

「いや、左和紀だ——

ストレートに答えた。

「五年だ。俺も、昔とは違う。心の奥に貞操帯をかまされてるんだ。わかるか？　誰が来ても、カギは開かない。もう二十一だろう？　俺はもうすぐ四十の大台だ。誰彼かまわず勃《た》つわけじゃない」

説明してわかる相手だとは思わない。

現に、皐月はあきらめもせず、他の言葉を探している。周平の胃の底に重だるい気鬱《きうつ》が沈殿する。

と同時に、エンジン音が戻ってきた。周平を呼ぶ三井の声がして、皐月の肩を押しのける。伸びてくる手を、強く振りほどいて拒絶したが、皐月がめげないことをあらためて思い出すだけだった。

＊＊＊

岡崎一家との夕食を遠慮した佐和紀と周平は、三井を構成員たちに任せてフレンチレストランへ出かけた。

その後、寄っていけと周平に誘われ、初めからそのつもりだった佐和紀は素直にタクシーに乗った。周平のスポーツカーは山荘へ戻してある。

まだほのかに明るい夏の夜だ。タクシーが走り去る音を聞きながら、佐和紀は白樺の林を見上げた。重なり合う枝葉が揺れると、星がチカチカと瞬く。

足がもつれてふらついた瞬間、さりげなさを装って腰を抱かれる。見上げるより早くキスされて戸惑った。

押しのけようとピーコックブルーのシャツに当てた手が、握りしめられる。アルコールで火照《ほて》った周平の体温に胸の奥が疼《うず》き、いやがおうにも高まるムードを拒めない。いまさら恥ずかしがる仲でもなく、人目を気にするような場所でもなかった。今夜は支倉もいない。

「抱くぞ」

くちびるが離れた瞬間に宣言され、痺《しび》れが腰に広がる。佐和紀は答えに困り、視線を伏せた。

うん、とも、抱いて、とも言い出せない。

その代わりに、片手を周平の首筋に添わせた。

欲情を隠さない周平の声にときめく自分の卑猥さを、佐和紀はときどき持て余してしまう。好きで好きでたまらなくて、求められていると思うだけで胸がいっぱいになる。

「朝までには戻してよ」

指先で周平の精悍な頬を撫で、あごをなぞる。

その返事に満足した男の視線を避け、佐和紀は腕を引く。

「その前に、中を見せて欲しいんだけど」

シャワーを浴びる時間ももらえそうにないと思いながら、鮮やかな色がよく似合う周平の背中に声をかける。傾斜のある三角屋根の山荘は、堅牢《けんろう》な造りの二階建てだった。屋根裏部屋のような寝室が二階に二部屋あり、一階には和室が二部屋ある。ひとつはリビングに続いていて、リビングと和室のどちらからでも広いテラスに出られる。最後の和室は玄関の脇《わき》だ。

周平はそこを自室にするつもりでいるらしく、布団が一組、すでに敷かれていた。

「あっさりしてるね」

アンティーク家具でコーディネイトされた天祐荘と比べれば、どうしたって簡素だ。

「おまえがいると、『連れ込み』みたいだな」

「……俺、『連れ込み』って行ったことないけど？」

じっとりとした視線を向けたが、そんなことで怯《ひる》む相手でもなく、

「おまえが知ってるのは、弘一さん行きつけの『料亭』だよな？　あれも一種の『連れ込み』だ。隣の部屋には赤い羽毛布団が敷かれてるんだ。知ってたか？」

「知らない」

腕を引かれ、和室の壁へ追い込まれる。炭酸水のペットボトルを持った周平の手に囲わ

れ、佐和紀は逃げることもせずに相手を見つめた。

欲情している周平の目は、獲物を追うそれだ。押し隠した激しさの前にさらされ、佐和紀の息は喉で詰まる。身を投げ出したい気持ちにさせられ、互いの眼鏡越しに見つめ合ったまま、後ろ手に帯を解く。

「……したい」

喜ばせたくて、言葉を声にする。それから、レストランでも珍しがられた夏着物を脱ぐ。薄い襦袢《じゅばん》を押さえている紐《ひも》に周平の手が伸び、佐和紀は周平のスラックスのボタンをはずす。ファスナーを下げる前に触れてみると、そこはもうはっきりと形になっていた。

「おまえ、やらしいよ……。ちょっとは我慢しろよ」

「ここまで来て、何を我慢するんだ」

「……せめて、服を脱ぐまでとか……。布団の上に行くまでとか……あるだろ」

「知るか。おまえのせいだ」

佐和紀の腰紐を解いた周平が、ピーコックブルーのシャツのボタンをはずす。肩からずらし、ペットボトルを畳に落として腕を抜くと、そこにはもう刺青が広がっていた。

肩に牡丹《ぼたん》が咲き乱れ、背中には散り乱れる牡丹と二匹の唐獅子《からじし》。地紋の青が明るい部屋の中ではっきりと見える。

周平はそのまま下着ごとスラックスを脱いだ。

脇腹にかかるぐらいに施された刺青は、そのまま腰骨と臀部《でんぶ》を覆っている。

「どうした」

聞くまでもないことだとわかっているくせに、周平はわざとらしく問いかけてくる。上背があり、胸板も厚い周平の身体は逞しい。腕や足も太く、絞りすぎていない腹筋と腰もどっしりとしている。そして、どこに出しても恥ずかしがる必要のない雄がぐっと首をもたげていた。

そそり立つと言った方がいいぐらいだ。年若い佐和紀でさえ、そんなに強くは勃起《ぼっき》できないのに、周平はいつもそんな調子だった。

「電気、消そう……。豆電球……」

壁際から逃げようとしたが、許されない。

「動悸《どうき》が激しいんじゃないか？」

手のひらがするりと襦袢の内側に入り、佐和紀は小さく叫んだ。女のように胸を隠してしまったが、周平の手はまだそこにある。ちょうど佐和紀の心臓の上だ。

「何に興奮してるんだ。下も見せてみろ」

「……バカ」

睨もうとしたが、うまくできない。視界がじわりと潤み、佐和紀は壁に背中を預けた。見られたくなかったが、どうにかして欲しいもどかしさはある。周平ほど大人になりきれないそこは、下着に押さえられ、成長途中で詰まっていた。

「おまえのハダカがエロいから……嫌だ」

「エロくて悪かったな。おまえの身体よりはマシだ。知ってるか？」

どっちもどっちだと心の中で答え、周平の手を摑んだ。このまま乳首に触れられたら膝が笑い出しそうで、余計に恥ずかしい。

「愛撫《あいぶ》させろよ」

「……今、は、ダメ……」

乳首を探している指に胸筋を揉まれ、息を乱した佐和紀はうつむく。

「揉むな……っ」

「じゃあ、手をゆるめて、好きにさせろ」

ささやきは受け入れられない。激しく首を左右に振って、片手で周平の肩を押しのける。

「佐和紀。あんまり焦《じ》らすと、手加減できなくなるぞ。ただでさえ、明日からはしばらくおまえを抱けないんだ」

周平の身体に刺青を彫った男の孫である財前《ざいぜん》から、刺青を施す際の条件として提示されているのだ。

「……だって……」

「今なら、まだ理性がある。ほら、手を離して……。俺も離すから」

「本当に？」

涙目で見ると、困った顔の周平はしかたがなさそうにうなずいた。

「下が辛《つら》いんだろ？」

「見なくていいから……っ」

「見せろよ」

「やだっ。触るのはいいけど、見るのは……」

「なんだ。それ」

息を吐くように笑われて、佐和紀はくちびるを尖らせた。ぷいっとそっぽを向く。

「恥ずかしがることじゃないだろう」

そう言いながら、周平が下着のゴムの内側に指を忍び込ませてくる。

「……んっ……ん」

「見たいな」

甘いささやきにねだられ、

「うっせぇ、さっさと……」

悪態をつく佐和紀は真っ赤になる。

「周平のを見た後で、自分のなんか……」

「俺が見るだけだろ。また、大きく、なったな」

「うっ……」

言われるまでもなくわかっている。

「周平っ！　いい加減にしろ！」

力任せに肩を殴る。乱暴をされたのに笑い出す周平の指が、半勃ちの佐和紀に触れる。

「仮性なんだから、普通なのにな。結婚したときよりは、大きさも持ちも良くなっただろ？」

先端から根元へと握りおろされ、佐和紀はくちびるを噛《か》んだ。うまく脱皮できていなかったそれが整えられ、窮屈さがなくなったのに、今度はいたたまれなさで胸がふさぐ。

「おまえが言うと、嫌味にしか聞こえない！」

「人間には持って生まれた個性があるからな」

しらっとした顔で言われ、佐和紀は憤慨した。性器の話をしているのに、もっともらしく聞こえる色男ぶりが気に食わない。

キッと睨みつけ、周平のそれを手でぎゅっと握る。なぜかいつも、想像以上の太さに感じるそれは、今夜も今夜で立派だ。

「どんなドーピングやってんだよ」

「……条件反射だ。おまえの匂いだけで、勝手に興奮する」

重なる言に促され、先端を包むと、

「おまえを濡らしたくて、こんなに先走りが出てる……。久しぶりに、これだけで慣らして挿入するか？　明け方までは時間がある。俺の体液だけでグズグズに愛してやるよ」

「んっ……」

嫌だと答える前に、身体が緊張した。ハッと短く息を呑み、佐和紀は震える身体を持て余す。

「思い出したか」

顔が近づき、額が触れ合う。

佐和紀にはもう言葉がなかった。浅くなる息を持て余し、周平の手に促されるままに愛撫を繰り返す。

先端から溢れたカウパーがぬるぬると亀頭を濡らしていくのに合わせ、周平のもう片方の手が佐和紀をしごいた。

「……待、って……」

「興奮するのが早すぎるだろ」

「おまえの、触り方が……っ。うっ、ん……あ、ぁ」

片手で肩に摑まり、胸を上下させながら激しく呼吸を繰り返す。

部屋の明かりを消して欲しいと頼む余裕もなく、毒々しい絵に爪《つめ》を立てる。

「……布団、行きたい」

「じゃあ、キスしてくれ」

周平が凜々しく笑う。それが始まりの合図だと言われ、不満はなかった。もう、どんなふうでもいいから抱き合いたくて、身体の芯《しん》に火が灯《とも》る。

乱れる息を整えようとしたがうまくいかず、あきらめてくちびるを寄せた。

指をガイド代わりに這《は》わせ、そこを追いかけてキスをする。眼鏡のふち同士がこすれ、無機質な音が響く。

なかなか出てこようとしない周平の舌を求めて、くちびるを何度も吸い上げているうちに、いつのまにか布団の上まで移動していた。

襦袢が脱がされ、崩れ落ちる身体を支えられながら、シーツの上に倒れ込む。仰向けになると眼鏡がはずされた。

そして、ようやく周平の舌が応《こた》えた。

ぬるっと濡れた感触がして、ぞくっと背筋が震える。

「あっ……、あっ……」

されるがままにキスを与えられ、胸を撫でられて欲情する。

部屋の明かりを消したいと思ったのも一瞬だ。指先を追ったくちびるに胸元を吸われ、快楽の予感に身をよじった。

やっと眼鏡をはずした周平は、いつものように快感を積み上げていく。手順に変化のないことが佐和紀を安心させ、その先にある大きな性感への本能的な怯《おび》えを解きほぐす。

　こわいほどの気持ち良さが待っていることを忘れ、佐和紀は今の淡い快感に浸る。

　肉厚な周平の手に胸を撫でられ、尖った乳首を指に挟まれた。こりこりとしごかれて、じんわりとした熱が生まれる。それが身体中に行き渡るまで、丁寧に、丹念に、愛撫は繰り返された。

　周平の熱い息遣いに焦らされ、膝を立てた足がシーツを滑る。その膝をぐっと摑んだ手が、リンパ液を流すように付け根まで下りた。心地よさと卑猥さが入り混じり、

「んっ……」

　しどけなく開いた足の間にいる周平の腰を、膝でぎゅっと挟む。

　いたずらを咎める甘い笑みを向けられ、佐和紀は息苦しくなった。周平に向かって手を伸ばすと、指先に、くちびるが返された。

　人差し指の先にキスが当たり、そっとくわえられる。

「周平……」

　呼びかける声には思う以上の甘えが滲み、それにさえ佐和紀は感じ入った。自分がこんな声を出すのは周平に対してだけだ。

「気持ちいいか。佐和紀」

　答える周平の声も、特別に優しい。

「あっ、はっ……ぁ」

「やらしい息遣いして……。俺をおかしくさせたいんだろう」

開いた足の間に、濡れた感触が触れる。

太い屹立《きつりつ》の根元を支えた周平が、先走りをこすりつけているのだ。弾力のある亀頭がぬるぬると動き、佐和紀の性器の裏筋をなぞってさらに奥へ下りていく。敏感な肌は熱く火照り、佐和紀は耐えきれずに目を閉じる。

ローションを足してくれと頼む気はなかった。

スムーズな性交よりも、今夜はねっとりと絡み合っていたい。

ぐっと先端が押し当たり、ずるっと滑る。それを何度か繰り返し、周平が自分の指を口にくわえた。舌が卑猥な動きで太い指を舐《な》める。眺めた佐和紀は上半身を起こし、無言で顔を寄せる。指の根元から舌を這わせ、周平の唾液《だえき》に自分のそれを混ぜた。

中指と人差し指を介して、キスをする。ときどきは互いの舌を吸い、くちびるを重ね、指へと唾液を与えた。

身体を片手で支えた佐和紀は、周平の肩に摑まり、指が後ろへと這うのを待つ。キスをしながら指を迎え入れると、身体に熱い情感が湧《わ》き上がった。充足と不足が同時にやってきて、入り口がキュッと周平の指を食《は》む。

押し出されるように抜いた指は、すぐに再アタックを仕掛けてきて、次はぐっとねじ込まれた。

「んっ……」

「痛いか」

と尋ねられ、髪を揺らして否定すると、指は中をぐるりとなぞる。快感を得るよりも先に抜かれ、また差し込まれる。

粘膜がゆっくりと濡れていき、手で股間《こかん》を撫でられ、先端を握られる。

「あっ、ふ……っ」

漏らした息の具合で佐和紀の望みがわかると、そんなことを言って胸を張る周平が身体をずらした。

今夜も、周平はすべてを知っている。

「んっ……あ、ぁっ……」

指で後ろを探られ、根元をしごかれながら、先端をぬらりと舐められる。やがて、全体をくわえられ、じゅぷっと濡れた音をさせて吸い上げられる。肌を伝い落ちる唾液を絡め取った指が、ほどけ始めたすぼまりを濡らす。

出入りする指が二本になり、反り返った性器を乱暴なほど激しく口淫される。はぁはぁ、と浅い息を繰り返し、佐和紀は身をよじった。

募った快感が、昂《たか》ぶりの根元で膨らむ袋の中に溜《た》まり、男の欲求が出口を求め、腰がじれったく疼く。

「しゅうへっ……、もぅッ……」

口の愛撫では物足りなさを覚え、佐和紀はかすかに腰を振る。

今にも出てきそうな熱をこらえると、身体中が汗ばむ。

「イキたぃ……もう、イクッ」

かすれた低い声がうわずり、佐和紀は自分の性器の根元を掴んだ。

「くち、離し……っ、ぃやだッ……ダメ、だ」

暴発しないように根元を握っても、周平のくちびると舌にしごかれてはひとたまりもない。

「んっ、んっ……くっ……ッ」

指をほどかれ、本能を解放する。出口を求めてのたうつ欲望が細い管を飛び出していく。

「くっ……、はっ、……はっ」

シーツを握りしめて射精した佐和紀は、身体中で息を繰り返す。

「いつもよりも濃いんじゃないか」

口で受け止めた精液を手のひらに出した周平は、それを自分自身に塗りつけ、佐和紀の後ろにも足した。乾く前に先端が入り口を開く。

「んっ……」

ぐっと押し込まれる感覚に、佐和紀は怯えた。傷がつく怖さのせいじゃない。キツいほど、感じさせられることをもう知っているからだ。

丸みを帯びている亀頭はガチガチに硬い陰茎に支えられ、佐和紀の身体を犯していく。カリの部分が中へ入ると、拡《ひろ》げられた場所が段差を越えて、かすかにすぼまるのがわかった。それほどに、周平のそこはしっかりと張り出ている。

「あっ……ぅ、ん、んっ」

軽い動きで周平が揺れると、カリ部分が何度もそこをかすめ、佐和紀を焦らす。

「……んっ、入れっ……ん。あ、やっ……奥まではっ」

ハッと気づいて、腰を押し返す。その手を掴まれ、両手首を拘束される。振りほどくこともせず、佐和紀は自分から周平の手首に掴まった。

「自分で腰を振るか？」

「い、やっ……」

ずくっと中をこすられ、のけぞる。

「あっ、あっ……あっ……ッ」

「狭いな、佐和紀。そんなに欲しいか」

わざとらしい煽《あお》り方を睨む余裕もなければ、うなずく猶予もない。熱を押し込まれた場所がじんじんと痺れ、佐和紀は震える膝で周平を挟む。

「ふっ……苦し……ぃ」

動けないほど乾いているわけじゃない。ただ、刺激が強すぎて、佐和紀は対応に困った。

「俺がしてやるから、膝を抱えてろ」

そう言われ、片手ごとに膝を与えられる。膝を引き寄せると、腰が上がり、周平の前に尻《しり》がさらけ出された。

「声を出せよ。その方が開く」

「はぁっ……ぁ」

太ももの裏に、周平の指が食い込み、ゆっくりと昂ぶりが引かれる。そこへ唾液を足され、もう一度、腰が前へ進んだ。

「あっ、あぁっ……あぁっん、んんっ」

言われなくても声は漏れる。敏感な場所を太い棒で押し拡げられ、こすられるのだ。痛みはないが、むず痒《がゆ》くてたまらない。

佐和紀の反応を熟知している周平は入れた分の半分を引き抜き、また奥へ進む。今度は声に合わせて、ずんずんと腰を振った。

「あっ、あっ。……やぁっ……ぅ。う、うっ……ん」

「動くぞ」

宣言されても、もう答えられない。意識のすべてが周平の動きに翻弄《ほんろう》され、声が絶えずこぼれ落ちていく。その熱っぽさだけが答えだ。

「んっ、ん。あぁっ。ぁ……ん、ん」

佐和紀の内壁は感じるほどに狭くなり、周平を締め上げる。激しい動きを封じられた周平が、苦しさをこらえて汗を滴らせた。着実な動きで腰を動かし、少しでも肉を拡げようと腰を揺する。

それが互いの快感に繋がり、佐和紀は膝を手放した。

足が開き、両手が周平を呼ぶ。身体が倒れ込んでくると、収めたものの角度が変わり、佐和紀はぶるっと大きく身震いした。

「あんまり、俺を試すな」

もう限界が来ているのか。こらえている周平の眉間《みけん》に深いシワが刻まれる。

佐和紀の身体の中で、止まるに止まれず揺れ動く昂ぶりは、先端を内壁にすりつけっぱなしだ。

「はっ……何回でも、して…っ…」

乱れた息の合間に佐和紀は訴えた。その瞬間、周平が敗北を覚えたような表情になる。

結婚して三年もすれば、こういう夜もある。

それが、佐和紀には幸福だ。止まれないほどに求められ、汗を流してこらえる周平が心底愛《いと》しい。締めつけのキツさに耐えきれず、負けたと思っている子どもっぽさも好きだ。

「まだ……」

周平が唸る。それならそれでいいと受け流し、佐和紀は奥歯を噛んだ。もっと激しく突き上げて欲しいが、今の周平には酷な話だ。

でも、明け方までには時間がある。

出だしで周平が負けたと感じても、たいした意味はない。周平の思う勝敗でなら、結局、勝つのは周平だ。

どちらにしても、二人は満足する。そのことだけが真実だ。だから、

「来て……」

限界を煽って、甘く微笑みかける。

必ず勝利させてやると思いながら、佐和紀は逞しい腰に足を絡めて引き寄せた。

周平の腰がさらに奥を穿《うが》ち、佐和紀の理性を途切れさせていく。

「あっ、あっ……しゅう、へっ……」

ゆっくり突き上げられるとばかり思っていた佐和紀は、ぎゅっと目を閉じた。

「ば、か……っ。激しッ……奥ばっか、や、だっ……あぁっ！」

深々と刺さったそれは、小刻みに揺れ、奥だけを何度も突く。

互いの息が乱れて絡まり、佐和紀は助けを求めてしがみついた。息もできない快感の中で、弾《はじ》ける熱と周平の喘《あえ》ぎを聞く。

身体の奥がしっとりと濡らされていった。


「だからさぁ。もうそろそろ、いいだろ」

横たわる周平に寄り添い、指先で刺青をなぞる。乳首のそばまで来ると握り止められた。抱き寄せられて形勢が逆転する。周平の足が絡み、腰が半分重なった。

「運転手には困ってないだろう」

眼鏡をかけていない精悍《せいかん》な裸眼で周平が言った。佐和紀はわざとゆっくりまばたきをする。

「……俺だって自分で転がしたい。なぁ、一人では乗らないって約束するから。お願い」

周平の首に腕をまわし、顔を覗き込む。そらされた視線を追いかけ、ふくらはぎを周平の膝裏にすり寄せる。

「周平」

できる限り、甘く呼びかける。発端は悠護の乗ってきたスポーツカーの感想だ。それを前々から承諾して欲しかった運転免許の話にすり替えた。

色仕掛けをするのに最適のタイミングを見つけ、佐和紀は周平の肩を押し返した。身を乗り上げ、あごを摑んで固定する。

「悠護の車だってさ、安全性はばっちりだって言ってた」

「最低価格二千万で、最高速度は三二五キロの車だ。安全じゃなきゃ売りものにならない」

「え？　いくら？」

「二千万」

周平の手が、佐和紀の左手首を掴んだ。手がブラブラと揺らされる。

「おまえのダイヤが車に化けたようなもんだ」

「こっちの値段がおかしいんだよな」

「俺の前で、他の男のモチモノを褒める勇気には感心する。けどなぁ……シンとのお遊びを見逃してるだけでも、物わかりのいい旦那だろう？」

こっそり車の運転を教わっていることだ。

腰を掴まれ、佐和紀はそのまま下腹部にまたがった。

「誤解しかない言い方するなよ。何がダメなの？　じゃあさ、一度、俺の助手席に乗ってみたら？」

「おまえの腰が、俺を操作しきれたらな」

ふいに段間を掴まれ、柔みしだかれた。あっけなく育て上げられ、佐和紀は身をよじる。

「……無理」

周平のモノもすでに硬く、佐和紀の尾てい骨に触れていた。

「じゃあ、この話もここまでだ」

「操作しきれたらって、どういうことだよ」

話を切り上げられそうになり、佐和紀は慌てて食い下がる。周平の片眉がピクリと動く。

そんなささやかな仕草にも男っぽい色気がある。

「理性を持って、瀬戸際まで我慢できたらだ。やってみるか？　俺をここに入れて、俺より先にイかずに我慢すればいい」

「車の運転と関係ないだろ」

「おまえの腰で俺を先にイかせたら、教習所へ通ってもいい」

さっきのセックスがそれだと思いながら、佐和紀はほぞを嚙む。今夜はもう、周平に勝てそうにない。溜め込んだ一発目でなければ、周平の理性は手強《てごわ》いのだ。

「……勝手に通うからいい。なんだよ。別におまえの許可がないとできないわけじゃないんだからな。一応、聞いてやってんのに」

負け惜しみをぶつけると、

「いいけど、怒るぞ」

薄く笑った周平にさらりと返される。

怒られるのは嫌だった。なんでも許されて、そして結果を待っていて欲しいのだ。管理して欲しいわけじゃなく、いろんなことを共有していたい。

「俺の運転がヘタだと思ってんだろ」

不満タラタラに睨み、両手を周平の胸についた。ぐっと体重をかける。

重みに顔をしかめた周平は、遠慮なく佐和紀の尻を掴む。

「シンが何も言わないんだ。それなりに上手いんだろう」

肉を揉みしだいていた指が、スリットに忍び込み、

「ん。……もぅ……っ」

佐和紀は耐えられずに身震いした。

「指だけでイキそうか？」

「バカ……ぁ、あっ」

ずくっと指が入ってくる。それと同時に、前を握られ、傾いだ胸に舌が伸びた。

「あっ……んっ」

前と後ろを同時にこすられ、乳首を執拗《しつよう》に責められる。

「うっ……んんっ」

「気持ちいいだろう、佐和紀。車と俺と、どっちのシフトレバーと遊びたいか、よく考えてみろ」

「俺は……、マニュアルは乗れねぇ、もん……あっ、あぁっ。胸、ダメ……吸う、なっ」

尻の肉を左右に押し拡げられ、反り返った砲身が、柔らかくほぐれた秘所を突く。期待せずにはいられず、佐和紀は周平の両頬を手で包んだ。

「ばか……ばか……っ。おまえなんか、死ね」

「俺も愛してるよ」

「んな、こと、言ってねぇ。……あっ、あぁっ！」

ずぶっと押し入られたが、痛みもなく、快感だけが脊髄《せきずい》を駆け上がる。

「や、だっ……」

「俺を選ぶだろう？」

「入れてから、言うなっ……。きも、っち……いい……あぁ。も……バカッ。気持ちいい、気持ちいいっ……」

「飛ばしてやるから、掴まってろ」

「んっ、んっ……」

肩に掴まり、周平の胸に頬を押しあてた。突き上げられ、気持ちのいいところを目いっぱいこすられる。

「免許……っ、周平……免許……ッ」

気持ち良さにぐずりながら、佐和紀は繰り返す。腰を使いながら笑っている周平は、まるで聞こえていないような顔で佐和紀にキスをした。

3

高原の朝は爽《さわ》やかだ。風がそよぎ、鳥がさえずり、陽の光が枝葉の影をレースのように地面へ映す。

なのに、佐和紀の身体には夜の名残がしっとりと絡みつく。

シャワーを浴びても、石鹼《せっけん》で洗い流しても消えない愛欲の残り香は、昨日と同じ襦袢に袖を通すとなおさらに淫猥《いんわい》でせつなさが募る。かといって、オーバーサイズになる周平の服を借りて帰る気にもならなかった。

夜が明けきる前には戻りたかったのに、離れがたくてもだもだしているうちに、すっかり午前の時間だ。車に乗って十五分。着替えてからブランチを取るつもりで天祐荘に着くと、周平の電話へ支倉からの連絡が入った。佐和紀は一人で部屋に戻る。

着物を脱いで、和装用のハンガーでつるす。それから、抜き染めの阿波《あわ》しじらを選んだ。角帯をきりりと締めたのは、襦袢が触れただけで周平を思い出す肌を疎ましく思うからだ。

気持ちを引き締め直し、周平が部屋へやってくる前に、さっさと二階のリビングへ向かった。テラスで待っていると声をかけたが、いなければきっとすぐに下りてくる。

電話の用件は財前のことだろう。支倉が連れてくることになっているのだ。周平は今日の午後から、刺青の施術に入る。彫りの作業は今日中に終わるが、『激しい運動』はしばらくお預けだ。

となると、隙《すき》があれば迫ってくるはずで。断れる自信がない。

ただでさえ、夜更けまで絡み合い、明け方にも繋がった。感覚が尾を引くのは、行為の激しさだけが理由じゃなく、禁止期間を設けられている焦りもある。

キスとフェラチオはしてやれると周平に言われたが、そういう問題じゃない。文句のひとつも言ってやりたかったが、挿入されるのが好きだと自分から訴えることもないと思ってやめた。

「あれ、佐和紀さん？　帰ってきてたんですか」

リビングのソファーで雑誌を読んでいた環奈が顔をあげる。

「いたよ。朝は起きれなかった」

夜更けに帰ってきた振りで答えると、薄いカーキ色のTシャツをさらりと着た環奈は手にした雑誌をテーブルに置いた。別の椅子にラケットが見え、

「テニスやるの？」

佐和紀は手近な椅子に座る。絶妙に座り心地がいい。

「やりますよ。皐月を待ってるんです」

ラケットが置かれた椅子の足元には、バッグも置かれている。

「佐和紀さん。いつも和服なんですね。母から聞きました」

「楽なんだよ」

「洋服だと印象も変わりそう」

たわいもないことを言って身を乗り出した環奈は、

「悠護の昔の女だって、本当ですか？」

くっきりした二重の瞳を子どもっぽく輝かせた。

「そんなことあるわけないだろ。俺のどこが女に見える」

「そういう意味じゃないですよ。わかってるくせに。悠護が誰かにこだわるなんて、聞いたこともなくって……。周平さんには身体で口説かれたんですか」

「口の利き方を知らねぇのは、悠護のせいか？」

相手にするのもくだらない話だと思いながら、ぎりっと睨みつける。驚いたように眉を跳ね上げた環奈が慌てて手のひらを見せてきた。

「すみません。あんまりストレートに聞くのも失礼かと思ったんですよね」

「内容が失礼だろ」

「あんな人のパートナーだって言われれば、知りたくもなりますよ。ベッドの方も相手してるんでしょうね」

どうしたって失礼なことを聞きたいらしい。

京子の息子だから殴るわけにもいかず、これが周平の言っていためんどくさなのだと実感する。佐和紀はぐったりと肩を落とした。

「ベッドの方しか相手してねぇよ。他に何があるのか、そっちを聞きたいな。俺はあいつの嫁で、あいつは俺の旦那だ。要するに夫婦なんだ。セックスして問題があんのか？」

へたにごまかせば食い下がられる。どうせなら、と、直球ど真ん中を投げ返した。

「驚いた。綺麗な顔してるから、純情なのかと」

ぽかんと口を開いた環奈はすぐに陽気な笑みを浮かべる。そうすると、悠護によく似ていた。

「純情だよ。決まってんだろ。悠護とは寝てないし、周平にだって言葉で口説かれたんだ。ガキのくせにゲスな勘繰りするな」

「あー、なんか、興味湧いちゃったな。……年下どうですか？　デートしません？　夏の恋って、けっこう刺激的だし。アバンチュールぐらい平気でしょ？」

「誰にモノ言ってんだよ」

「旦那だけで満足してるなんて、人妻の思い込みだから」

年齢のわりには恋愛経験が豊富らしい。立ち上がった環奈は、佐和紀の睨みも気にせず、椅子の背に腕を伸ばしてくる。

確かにモテるタイプだろう。顔はいいし、背も高い。その上、あけすけな口調には年下らしい甘えるような雰囲気がある。すべて計算ずくだと思いながら見上げると、毛並みのいい大型犬の従順さで環奈は微笑んだ。

ついほだされそうになり、佐和紀はふっと息を吐く。犬に懐かれたわけじゃなく、年下の男に迫られているのだと自覚した。

身体に周平の感覚が残っている間は、いつも以上に他の男を近づけたくない。不思議と、頭よりも身体がピリピリと警戒する。

「俺の拳《こぶし》が届く範囲にいるなよ？　京子さんの息子でも、容赦しないからな」

そう言うと、環奈はあっさりと身を引いた。

「わかりました。……今年は楽しい夏になりそうだ」

「は？」

「悠護と周平が惚れてるのを、横からかっさらえるチャンスなんてないからね」

環奈は優等生ぶった顔をやめて、悪ガキの目でにやりと笑う。

「死ねよ、ガキが」

「口悪いなぁ。顔は綺麗なんだから、それなりにしてればいいのに」

「余計なお世話だ」

「だから、組み敷いて楽しむってのは、周平らしいよな」

身体を起こした環奈が、ハーフパンツのポケットに手を突っ込んだ。

「周平さん、だろ」

「そんなに偉い男でもないだろ。オンナ転がしで出世しただけだ」

軽く笑い飛ばされ、佐和紀はとっさに手を伸ばした。間違いなく高級生地のTシャツを鷲掴《わしづか》みにして立ち上がる。

身をかがめた環奈の頬に顔を近づけ、

「それぐらいにしとけよ。俺が一番嫌いなのは、人の苦労を知りもせずに笑うガキだ」

耳元にささやき、鋭い視線を送る。

「……まつげ、多いね」

Tシャツを摑んだ右の手首を押さえられ、くちびるが近づく。頬にキスされる前に、佐和紀は後ずさった。左手で頬をぶつと、乾いた破裂音がリビングに響く。

「誰に遠慮して手を抜いたの」

避《よ》けきれなかった環奈が悔しげに顔をしかめる。

「あっちもこっちもだ。身内に感謝しろよ」

「……あんた、セックスの匂いがする。朝もしてきたんだろ」

捨て台詞《ぜりふ》だとわかっていても、言葉に反応した肌が周平を思い出した。ぞわりと痺れ、にだるく後を引く。

「おまえの軽さ、悠護そっくりだな」

「言われたくない」

「だから言ってんだよ、ガキ」

　これ以上、相手にはできない。佐和紀はへらへらっと笑い、環奈を突き飛ばしてテラスへ出た。タバコを吸おうとして、持っていなかったことを思い出す。

　苛立《いらだ》ちが募り、ぐっと目を閉じた背中に、悠護の声がした。環奈と話している。

「おまえ、そこ、どうした？　もう女を口説いてんじゃないだろうな。やめろよ。日本での揉め事は……、姉貴がうるさい」

「バレるようなことするわけないだろ」

　二人のやりとりが聞こえてくる。

「どうだろうなぁ。富良野あたりと違って、女の数もケタ違いだしな。あんまり手広くやるなよ」

「誰と一緒にしてんだよ。悠護でもあるまいし」

　最後の一言は、佐和紀がいると知っての台詞だ。悠護の声がワントーン低くなり、

「環奈。おまえがどうこうできる相手じゃない」

　釘を刺して、テラスに出てくる。マルチカラーのボーダーのカットソーにスエット地のパンツ。さりげなく見えるのは、生地の質感の良さを体格で着こなしているからだ。

「悪いな」

「おまえそっくり」

「惚れそう？」

この会話でそこへ行きつく思考回路が理解できない。佐和紀はぷんっと顔を背け、テラスに置かれた籐《とう》の椅子に腰かける。

「この人は、そうそう惚れっぽくないよ」

若い声は三井のものだ。手にしたトレイをテーブルに置く。りんごジュースとショートピースが一箱。

見透かしたようなタイミングの良さだ。

「おまえ、見てただろ。止めろよ」

タバコに手を伸ばした佐和紀は、三井を睨んだ。VネックのTシャツはファンキーなドクロが全面に散りばめられている。

それなりの価格の服だとは知っているが、環奈と悠護の服を見た後だと、チープに感じられ、不思議と安心した。

「とばっちりはゴメンだね」

ライターを取り出した三井が、くちびるを尖らせた。

「ゴーちゃん。周平を見た？」

タバコに火を移した佐和紀は、昔と同じ呼び方で悠護へ声をかける。

「いや？　俺は昨日、ここに泊まったから」

「どの部屋に」

「三井のとこ」

立てた親指で示された三井がうなずく。悠護は軽井沢に小さな山小屋を持っている。そこに滞在する予定だと聞いていたが、帰るのが面倒になったのだろう。

「二人で飲んだのか。……で、うちのタカシの貞操は無事なんだろうな」

「……おまっ、妄想にもほどがあるだろ！」

三井が慌てふためき、悠護が大笑いする。

「俺もそこまで困ってねぇよ」

「明日から都内だっけ？　タモツにも余計なことすんなよ」

「だから、興味ねぇって。俺はゲイじゃない」

「じゃあ、俺にもかまうな」

「……おまえは、美緒だろ」

そういう名前でホステスをしていたこともある。でも、昔の話だ。

「佐和紀だよ。だいたい、付くもの付いてんだよ」

「知ってる知ってる。確認していいって言うなら、しようかな」

軽薄な口調で近づかれ、佐和紀は思わずその頬を平手打ちにした。

＊＊＊

電話をすぐに終わらせ、着替える前の佐和紀にいたずらを仕掛ける気でいたのに、文倉は察したかのような執拗さでなかなか話を切り上げようとしなかった。

確かに、どれを取っても重要なことばかりだったが、文倉なら半分の時間で済むことも知っている。

携帯電話をワイドパンツのポケットに滑り込ませ、ロビーを通らずに建物の外側を回ってリビングのテラスへ向かう。

その途中で、周平は思いがけず引き留められた。

ベージュピンクのリネンジャケットの背中から胸へと抱きついてきた腕は華奢で、皐月だとすぐにわかる。引っ込み思案のくせに、思い詰めると大胆な行動に出るところが昔と変わらない。

「離せ」

振りほどいたが、袖を折り上げた腕へとしがみつかれた。いくら華奢に見えても、男の身体だ。その気になれば力強い。

「キスしてくれたら、離します」

「悪ふざけだな」

周平が乱暴に出られないことを皐月は知っている。足元を見てでも通したい欲求に突き動かされた瞳は必死そのものだ。

手首を摑んで引き剝《は》がし、近くの木陰に追い込む。転倒させないように後ずさらせることぐらいお手のものだった。

行きあたった木の下で、膝を皐月の足の間に割り込ませる。いきなりの行動に驚き、息を弾ませた皐月がすがるような目をした。あごをそらしてまぶたを閉じようとする姿に、周平は摑んでいた手首を離す。

「自分を何様だと思ってるんだ。俺はもう、おまえらの母親の使いっ走りじゃないぞ」

辛辣に言うと、皐月のまぶたが震えながら開いた。

奥二重の目元はいつも不安げに見え、どこか危なげだ。

「昔もそう言われたことは、覚えてます。でも……好きなだけ。あの頃からずっと、好きなんです」

しっとりと絡みつくような声は憐《あわ》れを誘う。母親の京子なら、死んでも出さない声だ。

「そんなことを押しつけられても困るだけだ」

「別の場所に泊まってるのは、ぼくを避けてるからなの？」

「ひどい勘違いだな。うぬぼれが過ぎるのも見苦しいだけだろう。萎《な》えるんだよ、皐月」

言葉を発するたびに、自分の身体が五年前に引き戻されていく気がする。人を人とも思わず虐げ、踏みにじり、積み重ねた自尊心の屍《しかばね》の上に立つことを恐れもしなかった。

「夢を見せたまま疎遠になった俺の優しさも理解できないくせに、セックスを強要するな。穴があれば相手かまわず勃つ色事師なら、おまえみたいな青臭いガキを抱けると思ってんのか。……バカにするなよ？　親が頭を下げてきても、断りたい案件だな」

「周平さん……ッ」

涙をこらえた皐月の顔がくしゃくしゃになる。泣くまいとしても感情が先走るのだろう。

「なんでもするから……。心に決めたんだ。初めては、周平さんがいい。一度でいいから。もうつきまとったりしないから」

「そういうことを簡単に言うな。おまえの思ってる『なんでも』が俺の『なんでも』と一緒なわけないだろう」

「知ってる」

震えながら伸ばされた指に肌を撫でられ、周平は思わず本気で睨んでしまう。

夜通し佐和紀が口づけた場所だ。異質な感触が触れると、全身を覆っている薄い膜に傷がつくような気がする。

「抱いて、ください。ぼくを、オンナにしてください」

そんなあけすけな台詞を口にするだけでも全身を震わせるほど純情だ。なんでもするなんてよく言えたものだとあきれたが、同時に胸やけするような嫌悪感も湧いてくる。

「おまえの母親を嘆かせるためなら、ここで犯してやらないでもないけどな。父親の方には恨まれたくない。俺がそこまでしてやる義理もないだろう」

「……お願いします」

周平にすがった皐月は、ぽろぽろと涙を流す。周平が舌打ちしたのも聞こえたはずだが、かすかにしゃくりあげるだけだ。

「もっと自分をよく見ろ」

頬を叩けば目も覚めるかと思うが、京子の顔に加え、佐和紀の顔まで浮かんではどうすることもできない。

子どもに迫られ、拒絶するために殴ったと知られたら、同情されないどころか冷たい目で見られそうな気がする。それはかまわないが、申し訳なさを募らせた佐和紀が京子へ謝罪に行くことになったら耐えられない。

「周平さんが安く売るなって言うから……。だから、二十歳になるまで守ってきたんだ」

「そんなこと、俺の知ったことじゃない。褒められるとでも思ったのか？　人生相談なら悠護を相手にしてくれ。あいつなら、勃つだろう。それともナニか？　俺の都合は無視して、クスリでも飲ませて勃起させせるか？」

「……そんなこと」

「皐月。俺も人間なんだよ。好いてもない相手に迫られても嫌悪感しかない」

「あっ……」

伸びた指が宙を掻く。呆然《ぼうぜん》とした瞳が光を失くし、絶望がじわりと広がった。

「俺はもう、あの頃とは別人なんだ。おまえをからかって期待させた俺はいない。死んだものとあきらめろ」

周平の言葉に、皐月は両手で顔を覆った。力なく、その場にしゃがみ込む。

すぐにその場を離れた周平は、振り向きもしない。日陰を歩きながら、聞こえなくなっていく泣き声にほっとした。

やがて男たちの賑《にぎ》やかな話し声が聞こえ、テラスのそばへ出る。

籐の椅子に腰かけた佐和紀を巡り、悠護と環奈がやり合っているらしい。佐和紀に話しかける環奈を悠護がからかい、それを眺めた三井が笑っている。

男たちに囲まれ、サロンの麗人と化した佐和紀は、首筋のキスマークを隠そうとして、藍色《あいいろ》の阿波しじらの衿をきりりと詰め気味に着ていた。

悠護と環奈のやりとりに辟易した顔でタバコをくわえていたが、庭の中に周平を見つけると花がほころぶように微笑んだ。

気づいた環奈がムッとした表情で振り向く。

テラスのステップを上がりながら、周平はせせら笑いを浮かべる。佐和紀が周平を迎えに出たことも拍車をかけ、背丈ばかり立派になった環奈は敗北感に歪んだ顔を背けた。

財前を連れた支倉が軽井沢に着いたのは、三井を伴ったブランチのすぐ後だ。天祐荘で三井だけを降ろして向かうと、すでに山荘の前には支倉の車があり、周平は不機嫌になった。察した佐和紀から笑われ、屋根を開けたフェラーリの中でキスを迫る。艶《なま》めかしく絡め合う舌先の心地よさに、この場所からの逃亡を図ろうとしてさらに笑われた。

「往生際が悪いよな」

先に車を降りた佐和紀に言われ、渋々と後に続く。

本当は刺青なんてどうでもいいんだと言いかけて、それこそ往生際が悪いと思う。半端者らしくていいとうそぶいて放っておいたのだ。あの夏に財前を訪ねたのは、佐和紀と知り合い、半端なままでいることに危うさを感じたからだった。

なぜ、このままではいけないと思ったのか。

先を歩く佐和紀の背中を見ているとよくわかる。

自分の感情を他人事《ひとごと》のように感じ、『理解できる』と第三者的に思う。

山荘へ入ると支倉が出てきた。恒例の小言が、ひとつふたつと佐和紀に投げられる。受け流した佐和紀は、軽い足取りでその場を離れた。

「あの男の耳は枠《わく》ですね」

「ザルぐらいだろう。おまえの小言が細かすぎるんだ」

「……うまく言ったような顔をしないでください」

「今のは、うまいだろう」

軽口を叩いてリビングへ入ると、佐和紀と挨拶を交わしていた財前が周平に気づいた。

相変わらずの腺病質《せんびょうしつ》な青白い顔色と小さな瞳が、陰から陰へと這いずっていく蛇を思わせる。財前の祖父の顔は、すでに遠い記憶の彼方にしかない。おそらく顔を見たのは二度か三度だ。

周平はいつも布団の上でうつ伏せになっていたし、終始、発熱に苦しんでいた。

「お久しぶりです」

京都らしい、はんなりとした訛りだ。

「こんなところまで来てもらって悪いな」

ソファーを勧め、三人で腰を下ろす。支倉はキッチンへ入る。

「これぐらい爽やかな方が、ええですわ。ほんま、京都は暑ぅてかないません」

「真柴《ましば》も来ればよかったのに。久しぶりに会いたかったな」

佐和紀が言い、周平は真顔で振り向いた。

「あぁいうのも好みか？　支倉を手伝ってきてくれ」

周平の嫌味も支倉の小言と同じように聞き流し、佐和紀は嫌がりもせずに立ち上がる。

キッチンへ入ったのを見て、財前が周平へと向き直った。

「真柴は、挨拶だけでも、と言うてたんですが、さすがに……」

「急ぐこともない。あらためて場所を設けるつもりだ」

「このたびは、ほんまに、お世話になります」

膝を揃えた財前が深々と頭を下げる。

財前を連れ出す名目で、真柴は京都から逃げてきたのだ。しばらくは大滝組の二次団体が面倒をみることになっている。秋にはほとぼりも冷め、表に出られるようになるだろう。

「あいつは、なんでも自分で背負《しょ》い込むんで困ります」

「友人を巻き込みたくないんだろう」

「どっちかいうたら、こっちが巻き込んでしまったようなもんです……」

「それも認めないか」

「認めませんよ。あいつは、強がりしか知りません。それでどうにかなる世界やないことはわかってても、政治は難しいやないですか。しっかりしとるんは顔だけですわ。ほんま、不器用なんです」

「俺の知ってる男に似てるな」

そう答えたところで、繊細な顔に似合わず不器用な生き方の佐和紀が、アイスコーヒーを持ってくる。

「財前は、何日いるんだっけ」

トレイをテーブルに置いただけで、あとは支倉に任せて周平の隣へ座った。

「四日の予定です。ほんまはそんなにおらんでもえぇんですけど……。お二人はせっかくの墨を滲ませそうやないですか。えぇですか、佐和紀さん。岩下さんにも釘を刺しときますけど、奥さんがしっかりせな、あきませんよ」

「……わかってる」

神妙な面持ちで佐和紀がうなずく。

「岩下さんが性豪なんはよぅ知ってます」

「誰に聞いたんだ」

周平のボヤキは二人に無視され、

「一週間は我慢してください」

財前がはっきりと宣言する。周平は眉をひそめた。

「長くないか？」

「長くありません」

答えは財前でなく、支倉から返ってくる。

「たった七日でしょう」

「おまえ、余計なことを言ったな」

「四日後には北関東出張です。仕事に身を入れていただければ、すぐです」

「佐和紀がかわいそうだ」

「やめろよ。そこで俺を引き合いに出すな。おまえほどの性欲はないよ」

ため息混じりに佐和紀が言った。

「……嘘《うそ》つけ」

「嘘です。なんて言う度胸はないよ。大丈夫だって。おまえ以外に興味ないから」

「そうおっしゃってるんですから」

いつもは小言ばかりの支倉が立ち上がる。

おそらくキッチンの中で話し合いがあったのだろう。佐和紀は小首を傾げてにっこり笑う。

その微笑みに、周平はいつものようにうっかり騙された。

アイスコーヒーを飲み終わったタイミングで、佐和紀は支倉に送られて天祐荘へ戻った。

山荘に残った周平はシャワーで汗を流し、リビングの隣の和室に敷いた布団の上に横臥《おうが》する。

財前の準備は一通り済んでいて、施術はすぐに始まった。雨戸を閉めた和室は薄暗く、ライトが財前の手元だけを照らしている。雨が降っているような気がして、財前に話しかけようとした周平は口をつぐんだ。

あれは、絶えず水音のする日本家屋だった。ひんやりとした空気が敷地全体を包み、周平はずっと、ここではないどこかへ連れていかれる妄想に囚《とら》われていた。

腕が取られ、足がもがれ、腰下が消えて、背中が剝がれていく。そして、残されるのは、心臓か脳か。

そればかりを考えていた。

針が肌に刺さり、痛みと同時に肉をえぐられ、色が染みていく。やがて手のひらに汗が滲み、目も閉じずに部屋の隅を見つめた。

財前は黙々と作業を続けるだけだ。無駄口もなければ、呼吸も乱さない。

時間だけが過ぎていき、支倉はまだ戻らないのかと思う。

肌を黙々と刺す針の動きが、また現実を忘れさせ、濡れた手のひらを握り込む。

やっぱり、雨が降っていると思う。夜半過ぎても痛みで眠れず、滲む涙を拭《ぬぐ》った記憶のわびしさがどんよりと部屋を包み込む。

「休憩しますか」

ふぅっと深い息を吐いた財前が鬱々《うつうつ》とした声で言った。刺す方も相当に疲れるのだろう。範囲は狭いが、名人といわれた祖父の彫り物に馴染ませるのだ。緊張からくる疲労は隠しようがない。

「そっちがいけるなら、済ませてくれ」

「……かまいませんけど」

「なんだ」

「何を考えてはるんですか」

静かに言った財前が息を吸い直す。

「雨が降ってる気がする」

「降ってると、思いますけど」

財前は同意したが、耳を澄ましても雨音は聞こえない。

「それより、家鳴りが酷いことないですか」

財前はさらりと言い、針を握り直す。

周平が答えないでいると、

「聞こえまへんか。ほんなら、ええです」

あっさりと言って、身をかがめた。

針が刺さると、また現実感が失われ、周平は浅い呼吸で闇《やみ》を睨む。冷えていく心が思い出すのは、由紀子《ゆきこ》とのセックスだ。

愛し合った振りで引きずり落とされ、堕落よりも酷い目に遭わされた。その女の艶めかしい表情がまざまざと甦る。

あの頃は、まだ瑞々《みずみず》しく、悪魔じみた行為を好む残酷ささえ少女めいていた。純粋な好奇心で、行列の蟻《あり》を一匹ずつつぶしていくのと同じだ。

そして、朽ちていく精神を貪《むさぼ》る頃には、大人の女になっていた。誰の不幸よりも周平の不幸を喜び、周平の絶望に快感を覚え、決して元の世界へは帰すまいとした。

あの頃の砂を噛むような日々が目の前でぐるぐると回り、今にも崩壊しそうだった自我の危うさに吐き気が込みあげる。由紀子の毒素は今も身体の奥に沈んでいた。針の痛みを感じるたびに、過去は苦々しく舞い戻る。

苦痛に耐えると、風がそよぐような佐和紀の匂いを感じた。周平は目を閉じ、あえて意識の中から佐和紀を消し去る。そのまま、意識を遠くへ飛ばす。

最後は、由紀子のことさえ思い出さず、肌を突く針だけを頼りに時間を過ごした。

「祖父を恨んではるでしょう」

施術の終わった場所へ薬が塗られ、ガーゼを当てられる。

「悪いのは、売った女だ」

笑おうとしたが、顔の筋肉が硬直していてうまくいかない。

「佐和紀は、この絵が好きなんだ。だから、あんたが気にすることはない」

名前を口にすると、身体の力が抜ける。拳を握り、力を入れ直して薄手のガウンを羽織った。

「佐和紀には入れるなよ。客は流してやる」

真柴に連れてこられた財前は、横浜で彫師として店を出すことになっていた。京都での生活はすでに由紀子につぶされ、住んでいた家も今はない。

横浜での新生活にかかる費用の大半は、今回の施術代として周平が出す約束だ。

「それは、重々、心得てます。お世話になります。どうぞ、よろしゅうお願いします」

シャワーを浴びたいと、財前が部屋を出ていく。周平はリビングを出て、テラスへ向かう。途中でタバコを手に取り、火をつけようとしてライターを取り落とす。

山荘の外には夕暮れが近づいていた。

雨の気配はどこにもない。テラスも白樺の木々もカラリと乾いている。

そのまま、テラスのステップに近づき、周平は膝をついた。雨など降っていない。あれは過去の記憶だ。自分が堕《お》ちた瞬間の記憶。あのときだって、雨は降っていなかったかも知れない。

何が現実なのかわからなくなり、周平は予兆もなくおもむろに嘔吐《おうと》した。身体がガクガクと震え、横転しかかった身体を背後から抱き止められた。白いシャツが汚れるのも気にしない支倉に、全身を使って引き戻される。

胃の中のものがすべて出ても吐き気が治まらず、身体の震えを止めたくて、支倉の膝を強く摑んだ。

「呼びましょうか」

焦りの滲んだ声で問われ、支倉の身体を肘で押し返す。

「なんのために……、別の宿に、したと……」

「ですが……」

口元をガウンの袖で拭い、周平は肩で息をしながらテラスの床を睨みつける。

「おまえにしては弱気なことを言うんだな。佐和紀を頼って悔しくないのか」

「そういう問題ではありません。あなたが楽になるのなら、誰にでも頭をさげます」

「佐和紀には、言うな。俺にも男の意地がある」

弱みを見せたくないのではない。

これを最後にしたいだけだ。いつまでも昔のことは引きずれない。そう思うのは佐和紀がいるからだ。あの女への怨恨《えんこん》という毒で、佐和紀の存在が穢《けが》れることだけは許せない。

佐和紀自身が由紀子と対峙《たいじ》することと、周平の心の中で混在するのとでは意味が違う。比べることさえしたくない。

「あの男は、何があっても汚れませんよ」

「……俺の問題だ」

文倉の言葉が正しいことはわかっている。でもそれを、今すぐに受け入れろというのは無理だ。

こんな小さな刺青を足すぐらい、たいしたことはないと思ってきた。

でも、過去は淀み、周平の心を掻き乱す。

「軽蔑《けいべつ》もしないでしょう」

「おまえを抱かせろとは言わないから心配するな。セックスは禁止されてる」

今までなら、誰かを組み敷くことで癒《いや》してきた鬱憤《うっぷん》だ。文倉はよく知っている。

「したいのか」

「まさか。男とベッドへあがる趣味はありません」

「女ともないだろう」

「元気ですね」

「……持ち直した。水をくれ。その前に、タバコだ」

「はい」

文倉がさっと動く。

周平が小さいペットボトルの水で口をゆすいでいる間に、一・五リットルの大きなペットボトルでステンレスの汚物を流す。

「あとできれいにしておきます」

差し出されたタバコを指に挟み、周平は動きを止めた。

まずフィルターがないことに気づき、長さも短いと気づく。

手はまだ震えていたが、笑いが込みあげた。そばに膝をついた支倉が火のついたライターを差し出してくる。

視線を向けると、困ったような顔になり、

「一緒に戻ってくれと頼みましたが、断られました。その代わり、気つけに持っていけと渡されました」

「来なかったのか」

「私の方がわかっているだろうと……」

その通りだが、さびしい気もした。

「支倉。これで俺は完全に戻れなくなる」

佐和紀のショートピースに火をつけ、煙を吸い込む。苦味がざらりと舌に残り、頭の中がわずかにクリアになった。

「はい」

と答えて見つめてくる支倉に、視線を流す。

「……すべてが過去だ」

「はい」

もう一度答えた支倉がうつむく。周平の苦しみを目の当たりにしてきた男の肩が揺れる。

「小言を言えよ、支倉。まだ引きずってたのか、信じられないって、言わないのか」

「よしてください」

「おまえが望んだ通り、覚悟を決めたんだ。喜ばしいだろう」

「……もちろん。もちろんです」

そう答える声も揺れる。

自暴自棄をあきらめて進む『いつか』を信じると、かつて支倉は言った。その先は決して美しくきらびやかな世界じゃない。選ばれた人間しか生きることのできないダークサイドだ。

「ついてこいよ。おまえの見たがってた景色を見せてやる」

もう、帰れる場所はない。

過去にも、夢にも、暗闇の中にも。

「はい。どこまでも、お供させてください」

支倉の涙が、スラックスに落ちる。顔をあげろとは言わず、周平は片あぐらで立てた膝に腕を伸ばす。

視線を白樺の林に向け、奥歯でざらつく砂の感覚に目を細めた。佐和紀のタバコの匂いは濃厚だ。だから、かすかな悲しみが胸の奥に落ちる。

支倉に見せる景色は、佐和紀の見ない景色だ。

大磯の御前の望みに応じ、フィクサーへの道を歩むなら、暴力団員とはいえ、ぎりぎり表の世界にいる佐和紀は巻き込めない。

周平の覚悟はまだ恨み言めいて浮つき、刺青の痛みが心の奥で疼いた。暴力的な性衝動が湧き起こり、佐和紀とのセックスを禁止された理由がおぼろげにわかった。

周平はもう一度、佐和紀が好むタバコの煙を吸い込んだ。

4

翌日、昼寝から目覚めた佐和紀はシャワーを浴びた。

周平の腰の刺青がどんな仕上がりになるのか、楽しみすぎてよく眠れず、悠護と三井を誘って飲みすぎた。つまみの生ハムとサラミがおいしかったのも理由のひとつだ。

今夜も食べたいと思いながら、ランチは京子と出かけた。朝寝をしたおかげで体調は万全だったが、ここでも食べすぎてしまい、帰ってすぐにベッドへ潜り込んだ。

真夏の昼寝ほど気持ちのいいものもない。

だからというわけでもないが、周平の夢を見て、あやうく思春期の頃でも経験のなかった夢精をしそうになって飛び起きた。すぐにシャワーを浴び、すっかり萎えてしまった『息子』にも触れずにおいた。

ヘタに刺激すると、周平の山荘へ忍び込んでしまいそうな気がしたのだ。そうなると、支倉に見つけられ、小一時間は説教を食らうことになる。

小言は聞き流せるが、説教は長いのが嫌だ。

浴衣を着て兵児《へこ》帯《おび》を締め、散歩でもしようとロビーへ出ると、言い争う声が聞こえた。

リビングかと思ったが、半開きになったキッチンの扉が目に入る。

「あんな男に言い寄って、どうしたいの！」

怒鳴りつける京子の声がした。

思わず背筋が伸びてしまい、動くに動けなくなる。

「お母さんが思っているような男じゃない」

答えたのは、皐月の声だ。

「あんたが思っているような人間でもないわ。いい加減に現実を見なさい」

「現実ってどういうこと？　それなら、周平さんの結婚の方が非現実的だと思わないの？　男と結婚させるなら、ぼくだってよかったはずでしょう。お母さん、ぼくの気持ち、知ってたよね」

皐月は息もつけない勢いで、京子を黙らせる。

「不幸にしたくないっていうなら、佐和紀さんはどうなの？　そうやって、自分のために人を踏み台にして……お母さんこそ恥ずかしくないの」

「好きなように言えばいいわ。私には……」

「大滝組を守る義務があるとか？　そんなの嘘だ。言い訳でしょう。……ぼくだって、何も知らない子どもじゃない。ぼくなら……、ぼくが結婚したら、周平さんと二人で」

どぎまぎしながら聞いていた佐和紀は、ようやく話の内容を理解した。さっきから何度も出ている『しゅうへいさん』は自分の旦那だ。そして、皐月はどうやら、その周平を好いているらしい。

京子も怒るはずだ。周平の悪行の数々は、本職のヤクザだって眉をひそめる。

それを承知で娘を差し出そうとしたヤクザの幹部たちと、京子は違う。

「そんなことをさせたくないのよ！　あんたたちの人生はあんたたちのものよ」

「それなのに、ぼくの気持ちは否定するんだ」

「するわ」

「自分の息子が、あの人に抱かれると嫌なんでしょう」

パンっと鋭い音が鳴り、京子が皐月を叩いたのだとわかる。

「決まってるわよ！」

と叫んだ京子は、続きを口にできずに黙り込む。

「お母さん。本当ならお義父《とう》さんにも向けるべき気持ちを、周平さんだけに背負わせるのは身勝手だ。あの人が……」

言いかけて、皐月は言葉を止めた。自分が感情に任せすぎていると、いまさらに気がついたのだろう。

争いの収束を感じ、佐和紀は静かに身を引いた。ロビーまで戻って、今そこへ来たかのような顔をする。

キッチンから飛び出してきた皐月が、佐和紀の姿を見て足を止めた。

「聞いてたんですか」

「いや……」

言い淀んだ佐和紀を真っ向から見据え、皐月はぎゅっと眉根を引き絞る。

「今は近づかない方が、母のためですよ。佐和紀さん、ぼくは周平さんのことをずっと好きなんです。あなたよりも、ずっと長く」

一歩踏み込まれ、佐和紀はたじろいで後ずさる。

「……そ、っか」

「あなたが現れなければ、あの人はぼくをオンナにしてくれたのに」

嫉妬が燃える目で恨みがましく睨まれ、

「どっちにも不幸な話だ」

佐和紀は素直な感想を口にする。皐月の顔が歪む。

「苦労知らず」

言葉を投げつけられ、

「は？」

思わず力が抜けた。

「お義父さんも悠護も、あんたが好きなんでしょう。その上、あの人まで、変えて……」

皐月が拳を握り、続きの言葉を探す。そこへ、幸弘が下りてきた。

「皐月兄さん。散歩……」

無邪気に誘ったが、あっけなく無視される。弟の横をすり抜けた皐月は、そのまま三階へと駆けのぼった。

「どこへ行きたいんだ」

唖然《あぜん》として見送る幸弘に向かって、バツの悪い佐和紀は声をかけた。

「このあたりの地図を作ってるんだけど……」

小型のノートと鉛筆を見せられた。

「俺が一緒に行こうか」

そういうことになるよな、と思いながら誘う。京子はキッチンにいるが、幸弘を行かせれば無理に笑顔を作らせることになる。それは酷だ。

「いいですか」

幸弘の顔がパッと輝き、佐和紀は深くうなずいた。


幸弘の作っている地図は手書きで、簡単な絵も添えられていた。ところどころ、ファンタジックな設定が加えられていて、架空の村を重ねて楽しんでいるらしい。

子どもの弾む声で説明を聞くのは新鮮な楽しみだった。

「さっき、皐月兄さんとケンカしてたの？」

林の中にある別荘通りを歩きながら、幸弘がふいに声を沈ませる。

「見てたのか」

「兄さんは、お母さんとケンカしてると思ってたんだけど」

「それも知ってたんだな」

「いっつもなんだ。会うたびに一回はケンカになる。性格が似てるんだね」

ふいに大人びた物言いになり、佐和紀を振り仰ぐ。

「大人って、みんな秘密を持ってるでしょう」

「ん？」

「皐月兄さんが失礼なことを言ってたけど、佐和紀さん、気にしないでね。皐月兄さんは今、難しい年頃なんだって」

「誰がそんなこと言うんだ」

「ユーゴ」

「あいつか」

佐和紀は思わず苦笑する。幸弘に大人びた考え方を植え込んでいるのも、あの男だろう。

今頃、東京で石垣と合流しているはずだ。

「悠護はお兄ちゃんじゃないのか」

「本当はおじさんだけど、そう呼ぶと怒るからユーゴなんだ。佐和紀さんは、ユーゴの恋人だったの？」

「いや」

「……お父さんの、恋人？」

「それはもっと違う」

はっきり否定すると、幸弘はホッと胸を撫でおろす。

「俺が恋人だったら、嫌だろう」

佐和紀は笑いながら問いかけた。幸弘は素直な瞳でしばらくじっとしてから首を左右に振る。

「違うよ。佐和紀さんがかわいそうだから。……お似合いじゃないもん」

「俺と周平は『お似合い』に見える？」

いたずら心で聞いてみる。今度はすぐにうなずいた。

「うん。だから、皐月兄さんも本当はわかってるよ」

「おまえ、父親に似てないな」

「顔は似てるって言われるよ」

でも、聡《さと》い性格は京子似だ。

「男前じゃないよね」

「いや、女にはモテるだろうから、大丈夫だ」

「お母さんが結婚してくれたんだもんね」

「本当に、モテてるから」

佐和紀の言い方が安請け合いに聞こえるのだろう。幸弘はくちびるを尖らせ、信じていない顔になる。

「佐和紀さん、お父さんのこと、好きなの？」

「……嫌いじゃない」

「周平さんが１００だったら、お父さんは？」

「……10ぐらい」

「微妙。じゃあ、ユーゴは？」

「弘一さんが20で、ユーゴを10に変更」

「ユーゴ、低いね！」

幸弘がキャッキャッと笑う。三人の息子にとっての悠護の立ち位置が、佐和紀にはわからなくなってくる。

案外、手を焼いているのは悠護なのかも知れない。

「秘密だぞ」

「うん、ひみつひみつ」

嬉しそうに肩をすくめた幸弘は、両手を振って勢いよく歩き出し、次の瞬間、悲鳴をあげた。

後ろへ振り出された腕をとっさに摑んで引き、浴衣の袖をひらめかせて胸に抱き止める。垣根の間から、大型犬が飛び出してきたのだ。

幸弘の笑い声に駆け寄ってきたのかも知れない。こげ茶色の身体に垂れた耳。鼻は前に尖っていて、目がいかにも利口そうだった。とはいえ、子どもに飛びかかられては困る。

幸弘を背中に隠し、じっと見つめ合ったまま、犬に向かって手のひらを見せた。

ぐるりとその場を一周した犬はお利口に座り、しっぽが地面をパタパタと叩く。首にリードがついていることに気づき、幸弘をその場に残した佐和紀は静かに近づいた。

草履でリードを踏む。

「いい子だ。じっとしてろよ」

声をかけてリードを拾い上げる。しっかりと手に巻いて摑み、おとなしく待っていたご褒美に頭を撫でた。

「ここにいたか」

声が聞こえ、別荘の出入り口から中年の男が出てくる。

襟を立てたポロシャツの着こなしに上流階級の落ち着きがあり、ロマンスグレーの髪だ

印象的だった。実際の年齢は見た目よりも上かも知れなかった。背筋が伸びた姿勢に、充実した暮らしぶりが透けてみえ、印象が若い。昔はさぞかし嫌味のない爽やかな美男子だっただろう。

その男は、すぐに幸弘にも気がついた。

「驚かせたんだね。申し訳ない。ケガはしなかったかい」

佐和紀の腰に取りついていた幸弘のために、わざわざ片膝をつく。偽りのない柔和な笑顔だ。ケガのないことを確かめると、佐和紀の手からリードを受け取った。

「白檀《びゃくだん》の匂いだね」

佐和紀の浴衣についている匂いを嗅《か》ぎ分け、男は眩しそうに目を細める。

「この子はその匂いが好きなんだ。もしよかったら、二人でお茶でも飲んでいかないか。一人で退屈していたんだ。僕の秘書はティーインストラクターのマスターでね」

「いえ、俺たちは」

と断りかけ、佐和紀は幸弘を見た。いつのまにやら、犬の前にしゃがみ込み、しきりと毛並みを撫でている。

その上、首に腕を巻きつけながら佐和紀を見上げげた。どうやら、一人と一匹の間には友情が生まれたらしい。

大人ばかりの別荘で退屈していた幸弘は、もうすっかり遊んでいく気でいる。いまさら断れなくて、男の誘いを受けることにした。

＊＊＊

「いいところへ来たわ」

夕食の時間を過ぎた天祐荘のロビーに入るなり、周平は通りすがりの京子に捕まった。佐和紀の顔を見るよりも先にテラスへ連れ出される。

京子の機嫌はわかりやすい。周平に対しては旦那である岡崎に対する以上に隠すつもりがないのだ。

全身からトゲトゲしく突き出している怒りのオーラを居心地悪く感じながら、次からはロビーを通らず、佐和紀の部屋のテラスへ直接向かった方がよさそうだと思う。

「話をしたいのか、文句をつけたいのか。先に聞かせてください」

「文句なんてないわよ」

答える先から、声にトゲがある。何を言っても怒鳴られそうだ。皐月との一件が伝わっているとわかっていても、自分からは口には出さない。

「それで……済んだの？」

京子の声に憤りとは別の硬さが生まれた。周平を振り向かず、夏バラの咲く夜の庭を眺めている。

庭に点在する常夜灯はほんのりとオレンジの光を放ち、低木の根元はいっそう暗い。高原らしい夜の涼しさや静けさが、そこにうずくまってでもいるようだ。

周平は沈黙を守った。引きつれるような感覚はあるが、もう痛みはない。昨夜の発熱も傷のせいではなく、掘り返された過去による、いつもの知恵熱だ。

「……皐月のこと、拒んでくれてありがとう」

表情を微塵も変えず、京子は硬い口調のままで言った。

「礼を言われるようなことですか」

「母親らしいことをしてるのよ。好きにさせて」

「それはいいですけど。……自己満足ですね」

「親なんて、そんなものよ」

あっさりと切り返した京子は、うつむいてから髪を掻き上げた。スエット生地のロングワンピースの肩で長い髪が揺れる。

「あなたの方にいるお客さんは、いつ京都へ戻るの」

「戻りませんよ。横浜で店を出す予定です。弘一さんから聞いてませんか」

「真柴のことなら聞いたわ」

財前の今後は、京子に関係ない話だ。

「実際のところを確認しておきたいの」

「ご存知の通りです」

「あなたの言葉で聞かせてもらえない？」

刺青を仕上げた昨日の今日で切り出してくるのは、嫌がらせなのか、それともいまさら周平が傷つくとは思わないのか。女性らしい気遣いなど求める方が間違っているのだと気づき、周平は薄いデニムシャツのポケットからタバコを取り出す。

京子に一本勧めると、銘柄が気に食わない顔をされる。でも、手に取り、お互いがタバコに火をつけた。静かに煙を吐き出す。

紫煙が柔らかくたなびき、涼しい高原の夜に溶けていく。

「真柴は、あの女の思惑から逃げただけです。友人の扱われ方を見れば、どんな女かはわかる」

横浜へ逃げてきた真柴は、京都一帯を仕切っている桜河会《おうがかい》の会長・桜川芳弘《さくらがわよしひろ》の甥《おい》だ。そして、その桜川の後妻が、周平を堕落させた由紀子だ。多額の借金を背負わせ、それとは別に、作品のキャンバスを探していた彫師に周平の肌を売った。

彫師をたぶらかし、半端な刺青としたのも、いっそう苦しむと知ってのことだ。

「由紀子は桜川が好きで結婚したわけじゃない。そろそろ寄生先を替える頃でしょう」

「会長の体調が思わしくないのは本当なのね」

「それも、誰が糸を引いてるか……。わかったものじゃない」

外見こそ、派手で美しい男好きする容姿だが、一皮剝《む》けば、人の尊厳をもてあそぶ女狐《めぎつね》が顔を出す。

「周平さんに振られたのが、よっぽどこたえたのねぇ」

鼻で笑った京子がタバコの煙をくゆらせる。

「関西の情勢も良くないわね。高山《たかやま》組のアレとは切れたの？」

「もともとお互いが遊びの関係ですから」

高山組は西の雄といわれる大組織だ。名古屋あたりから関西地区・広島の先までを配下に収めている。その幹部と由紀子は長い間、不倫関係だった。それが切れたのは、おそらく去年のことだ。その頃から、真柴が囲い込まれ、今回の逃亡に繋がった。

「もう一度、佐和紀を送り込めば、桜川との仲も終わるでしょうね」

「まだ、遊ばせておいた方がいい」

「あら、温情なの？」

おおげさに驚いた顔で見上げられ、

「怒らせるつもりなら、見事に地雷を踏んでますよ」

冷たい視線を返したが、さらに煽るように笑われた。

「違うの？」

「昔ほど関西の動きが摑めるわけじゃない。わかってるでしょう」

佐和紀と結婚するまでは、由紀子と寝ることで関西の情報を摑んでいたのだ。もちろん、周平の方からも情報は出した。

今は、関西の渉外を担当している谷山《たにやま》が頼りだ。幾人かのスパイも送り込んでいるが、由紀子との関係があったときほど中枢の話が聞こえてくるわけじゃない。

「探ってこいとも言ってないわ。それとも、言われたら、行ってくれるの？　あんたがあの女を抱くのが、一番手っ取り早かったのに」

辛辣な口調ではっきりと言われ、周平は視線をそらした。

由紀子との関係を終わらせるために佐和紀を京都まで連れていき、京子に従って力試しまでしたのだ。終わったはずの話を持ち出すのは、京子のメンタルが不安定な証拠だった。

「皐月に何か言われたんですか」

鉄の女に見えても、京子の心は人並みに脆《もろ》い。守るものがなければ、足元から崩れてしまうほどだ。それでもひとたび、旦那や子ども、組が抱える構成員を背負い込めば驚くほどの胆力を見せる。

タバコのフィルターを嚙んだ京子は、吸えなくなったタバコを灰皿に捨てた。

「人を傷つけることを口にできる子じゃないわ。でも、何もかも、知ってるのね……。二十歳を過ぎたら、すっかり大人のような顔をして。嫌だわ。子どもが成人するって気持ちが悪い。離れていても、ずっと私の手の中にいたのに……」

遠くを見る目が悲しげに潤んで見え、周平はわざと視界へ割って入る。

「頼まれても抱きませんよ」

「死んでも、頼まないわ」

嫌悪感を剝き出しにして睨まれる。

「……周平。由紀子はすぐに退屈するわよ。真柴が逃げたとなれば、新しい生贄《いけにえ》を探すに決まってる。あの女が満足するのに手っ取り早いのは、私かあなたのそばにいる人間よ。

……笑わないで」

「佐和紀が危険にさらされると思いますか」

「心配してないのね」

胸を拳で叩かれ、周平は身を引いた。

「京都での佐和紀は爽快《そうかい》でしたから」

「心強いわ。だから、はっきりさせていい頃ね？」

「何をです」

わからない振りで聞き返すと、京子は身体の向きを変え、周平を正面から見据え直した。

「あの子と手を組むわ。関西の情勢が好転するとは思えない。そうなれば、飛び火は関東にもあるでしょう。これが落ち着かない限り、こちの代替えもうまくはいかないわ。佐和紀には、共闘してもらえるように、はっきり頼むつもりよ」

覚悟はしていたが、いざ宣言されると胸が冷える。周平は、自分の頬がかすかに痙攣するのを感じた。

彫り込まれたばかりの刺青はまだ生傷だ。腰に熱がこもり、吐き気が込みあげる。

「共闘ですか。ずいぶん、あいつを買ってるんですね」

今までは駒《こま》にする気でいたはずだ。佐和紀は身も心もチンピラ気質で、人から頼まれると、喜んで火事場に飛び込むところがある。

「あの子は利口よ。いい加減なことをすれば、騙されたと悟るわ。嫌われて敵に回るのは絶対にイヤ」

「そうですか」

「あなたたちも怖いしね」

ふっと視線がそらされた。京子が「あなたたち」というのは、佐和紀の旦那である周平と、かつて佐和紀の兄貴分だった岡崎のことだ。

特に岡崎は過保護で、京都の件では怒り狂い、一時期は揉めて大変だった。

「お気遣いいただきまして」

岡崎ほど実直になれない周平は、しらっとして頭を下げる。

「相変わらず、嫌味ねぇ。……佐和紀となら、五分五分の盃でいいわ」

若頭補佐になる間際まで、周平と京子の関係は一分九分で京子が姉分だった。それを思うと、周平や岡崎の後ろ盾があるとはいえ、五分五分は破格だ。

でも、佐和紀にはその価値がある。結婚したばかりの頃とは違い、最近は見違えるほど賢くなった。学がついたし、ヤクザの上層部との付き合いも増え、自分自身の力量にも気づき始めている。

京子の苦労の賜物であることは、周平も認めていた。なのに、

「ご随意にどうぞ」

答える声に不満が滲み、周平は後悔した。隠しておくべき感情が抑えきれない。

「周平。私の言ってること、わかってるわね」

京子は笑わなかった。淡々として、周平を見つめ、

「あんたがどこへ行こうとかまわない。だけど、あの子が私と共闘すると答えたら、連れていかないで」

はっきりと釘を刺される。まるで刺青を完成させたことで周平の気持ちが揺らぐと知っていたようなタイミングだ。女の勘が働いたのだろう。

「ひとつだけいいですか、京子さん。あんたは、そうやって女を武器にして、恥ずかしくないんですか」

周平の言葉に、京子はまるで動揺しない。背筋を伸ばして微笑み、サンダルでテラスの

床を蹴《け》る。

「あんたたち男が、ナニで言うことを聞かせようとする限り、私だって女でいるわよ。同じ生き物になんてなりたくないわ」

「佐和紀は男ですよ」

「あの子みたいな男は、もう二度と現れない。あなただってわかってるでしょう」

これからの大滝組を守ろうとする京子にとって、佐和紀はどうしても手元に置いておきたい人材だろう。

佐和紀の中には、二つの性がある。生物学的な性別ではなく、素質の話だ。優しくたおやかな性と、暴力を好む好戦的な性。

だから、誰もが惹《ひ》かれる。

そんな男は、本当に、もう二度と現れない。

「弘一さんから聞いてませんか。俺は、あいつを連れていくつもりはない。こっちの世界がいいと本人が言うんですから。でも、籍は抜きませんよ」

冷淡に言い切って、周平はタバコを消した。そのままテラスからリビングへ戻る。

胸の奥がムカムカして、頭の芯がキリキリと痛む。

ダイニングから入ってくる幸弘を見つけ、まっすぐに近づいていく。まだ小さな幸弘は、視線が合っただけでびくっと硬直して後ずさった。幸弘は屈託のない子どもだが、なぜだか、周平に対しては一度も笑顔を見せたことがない。

青ざめた顔を見下ろすと、怯えきった目はきょろきょろと揺れ動き、大人への助けを求めてさまよう。

「今すぐ、皐月に伝言を頼めるか」

「……佐和紀さんが」

珍しく、うなずく以外の反応があり、

「うん?」

小首を傾げてみせたが、それにさえ怯える。おどおどしながら、ショートパンツを握りしめた。

「周平さんが100なら、ユーゴは10だって」

いきなり言われて顔をしかめると、やっぱり後ずさりされた。

「何の話だ」

「さ、佐和紀さん、のことも、騙してるの」

「俺は誰のことも騙してない、だろう?」

身をかがめて言うと、責めるような目を向けられた。嘘だと思っているのだろう。瑞々しい額を指で弾くと、すぐに涙目になる。

それでも、今日ばかりは逃げ出さない。

「おまえの年齢で佐和紀に惚れるなんて生意気だぞ」

「そんなんじゃない！」

叫んだ幸弘は真っ赤だ。まだ恋さえ知らない年頃は、友情を汚されたと思うのだろう。怒った目が父親の岡崎にも母親の京子にもそっくりで、周平の背筋をひやりとさせる。

「素直に伝書鳩《でんしょばと》してこい。佐和紀から優しくしてもらえるように、手を回しておいてやる」

あと十年もすれば、環奈よりも良い戦力になると思いながら、周平は視線を合わせた。

「……お父さんは20だって」

「おまえはまだ3ぐらいだな」

周平は大人げなく返した。

「皐月への伝言だ」

頬を膨らませた幸弘は、それでもうなずく。

伝言を頼み、ロビーを抜けて階段を下りる。訪ねると、佐和紀には電話連絡済みだ。早く顔が見たいと思う一方で、今夜は抱けないのだと再認識する。手のひらを腰に当て、深く息を吸う。

由紀子への未練は微塵もない。堕落したことも自己責任だ。

それでも、刺青を彫られている間に感じた、生きながらに殺される感覚だけは忘れられない。発熱に苦しみ、痛みに喘ぐ周平の隣で、由紀子はこれ見よがしに彫師を誘惑した。わずかに残っていた由紀子への想いは、二人の性交を見せつけられることで跡形もなく消え、周平はそのことに絶望さえしなかった。

世の中に存在するのは、売り手と買い手だけじゃない。消費される人間もいるのだ。食いものにされるのも、身体だけじゃない。生きたままの心もまた商品だ。

階段の途中で足を止め、周平は深く息を吸い込む。

潤むでもない視界が揺れて、ものがうまく見えない。

デートクラブで管理してきたユウキを思い出した。あの男もまた、生きたまま殺されたことがある。絶望の中でさらに切り刻まれ、壊れた心をかき集めて泣いているような少年だった。それをかわいそうに思ったことはない。

身体を売る仕事を与え、その後で抱いたのは、お互いがサバイブした人間だったからだ。ユウキが強くなっていくごとに、周平は自分も生きのびていると確信を得た。

ユウキに限らず、抱いてきた人間はすべてがそうだ。ときには周平が女の心を壊し、甦る者と消え去る者を眺めた。

結果がどちらになっても、喜びも悲しみもなく、胸は痛みもしなかった。

死んでいたのだろう。ずっと、死んでいたのだ。

生還したつもりになっていただけだ。

……佐和紀に会うまでは。

セックスを禁止するだけじゃなく、顔を合わせるのも禁止にして欲しかった。財前は知っているはずだ。由紀子から聞かされたのかも知れない。

刺青を入れることで、膿《うみ》のように淀んだ過去が溢れ出る。

支倉は、佐和紀なら汚れないと言った。でも、それは嘘だ。

佐和紀自身でさえ知らないだけだ。周平はもう何度も佐和紀を傷つけ、苦しみを与え、自己中心的に愛した。

階段を下りきって、それでも許すのだろう佐和紀を想う。

ついてこい。

どこまでも一緒だ。

そんな言葉を、佐和紀が望まなかったと言えるだろうか。

好きにしていいと言われ、突き放されたように感じなかったと言えるだろうか。

おまえのそばにいると、それさえも約束できない。

心と身体、そのどちらがそばにあれば、佐和紀は満足するのか。それを決めるのは誰なのか。

周平にはわからない。

長く、心を失いすぎたせいだ。肉体の繋がりにしか納得がいかないのに、それもまた信じきれない。

浅い息を静かに繰り返し、周平は目をすがめた。

今夜も雨が降っている。そう思って、耳を澄ます。

身体の奥で劣情が目覚め、狂おしいほどの欲求に変わった。くちびるがわびしさを訴え、腕が欲に火照った人肌を求める。

幻の雨だれは続き、ため息は喉で詰まって消えた。

＊＊＊

自室のテラスに置かれたソファーに座り、はだけた白地の浴衣から出た片膝を抱える佐和紀は、ぼんやりしながらタバコをふかす。

テーブルにはショートピースの青い丸缶と焼酎《しょうちゅう》のボトルが並んでいる。氷なしのぬるい水割りをちびちびやりながら、ふと考えるのは周平の刺青のことだ。

一目には未完成だと気づかれない。それだけ緻密《ちみつ》な筋彫りがあるからだ。でも、知れば気にかかる程度には中途半端だった。

そこへどんな色が入ったのかを考えるだけで、佐和紀の気持ちは高揚する。おまえが彫られるわけじゃないだろうと、周平からは何度も笑われた。

だからこそ自分のことのように思いたいのだと拗ねてみせたこともある。昔からの憧《あこが》れで、松浦《まつうら》組長から止められていなければ肩にでも内ももにでも入れたかったが、もうあきらめをつけた。

黙っていればわからないと言ったことを周平にたしなめられたからだ。そのときは否定に対するヒネた気持ちしかなかったが、ひとつの慢心や偽りがすべてを崩壊させることを言いたかったと今は理解できる。

刺青がいけないわけじゃない。親分と決めた松浦を裏切ることがいけないのだ。

部屋の扉をノックする音がして、佐和紀はタバコを消して立ち上がる。浴衣の合わせを直し、早足で近づく。

ドアを開くと、待ち望んだ男はいつも通りの精悍さで立っていた。腰を圧迫しないためのイージーパンツに合わせたカジュアルなデニムシャツは襟がなく、赤いボタンがオシャレだ。すぐに抱きつきたいのをこらえ、室内へ招き入れる。

掻き上げていない髪がラフで、いつもの黒い眼鏡も違って見えた。知らない男というほどでもなく、見慣れないわけでもなく、ただ、少しだけ若く見える。

必要以上に昂ぶっている自分が恥ずかしくて、佐和紀はわざとらしく視線をそらした。

「酒しかないいんだよな。水はあるけど」

テラスへ出ようとした腕を引かれ、足がもつれる。

抱き寄せられて素直に従い、指先で促されてあごをそらした。くちびるが重なる。

「んっ……」

指が紺色の柄をなぞるように浴衣の上を這い、胸を探られて身をよじった。あっけなく火が灯りそうで、自制するのも一苦労だ。

「色を入れたの？　絵は？」

手を握りしめて押しやると、今度は裾を摑まれた。

「周平。ダメって言われてるだろ。……サカってんの？」

顔を覗き込んでくる瞳に浮かぶ欲情の翳《かげ》りが、佐和紀には意外だった。もっと晴れやかな目でふざけているのかと思っていたからだ。

佐和紀の方も熱烈なキスぐらいは期待していたが、理性のある周平がたった一日で禁欲に音を上げるとは予想外だ。

「まだ、痛いんだろう。財前から、彫った後は傷でしかないって言われてるんだ。だから」

本気で迫られると断りきれない。それでも、今夜ばかりは殴ってでも止めなければと、佐和紀は意を決した。

なのに、周平は微笑みを見せる。凛々しい顔立ちに浮かぶ自信家な笑みに、佐和紀は言葉を奪われた。

「だから、おまえのいやらしい姿だけ見せてくれ」

「え」

言葉の意味はわかる。でも、思わず聞き返した。

言葉以上に口調が卑猥だったからだ。普通に口にしているはずなのに、腰にジンッと響いてくる。

「いいだろう?」

「よ、よくない。無理」

「一人でしろとは言ってないだろう? 財前だって、おまえに汗をかかせるなとは言わなかった。見せてくれ」

詰め寄られた佐和紀は、自分でも気づかないうちに寝室の方へと後ずさった。

「……でも」

「でも?」

「そういう目で、見るなよ」

「俺の目がおかしいか」

周平の視線が、ふっと柔らかくなる。優しく見つめられ、頭の中がくらりと揺れた。

「おまえの裸で興奮したい」

ゆっくりと寝室の中へ追い詰められ、ドアが閉められる。すでについていたサイドテーブルのライトが仄明《ほのあか》るい。

帯がほどかれ、襦袢の男締めを抜かれた。

くちびるをふさがれ、腰を抱き寄せられる。もう片方の手が、佐和紀の頬を包み、首筋を撫でた。視線が絡まり、音を立ててくちびるが離れていく。

「本当に、俺だけ、だな……？」

思わずくちびるを追いかけた佐和紀は、もう一度キスをねだって確認する。

「財前との約束は破らない。おまえが怒られることもない」

「怒られるのなんか、どうでもいいんだよ」

大事なのは、まだ傷でしかない周平の腰の刺青だ。

「俺だけ脱いでるの、すげぇ恥ずかしいんだけど」

浴衣を脱がされ、ベッドにあげられる。

寝室の窓の向こうは庭だ。カーテンが閉じていることをちらりと確認して、佐和紀は気恥ずかしさにうつむいた。

おまえ一人が気持ちよくなればいいと言われて拒む気はさらさらない。優しい瞳で強引にされると、欲情してしまって、もうダメだ。

「俺は脱げないんだからしかたないだろう。おまえはすぐに爪を立てるしな」

意地悪く言われ、文句を返そうとした佐和紀は、顔を覗き込まれて驚いた。ライトは思いのほか、明るい。周平の顔がはっきりと見え、胸騒ぎがした。

その瞳を知っていると思う。でも次の瞬間、

「隠してやろうか。見えなきゃ、恥ずかしくないだろ」

そう言われながら眼鏡をはずされた。

「マジか……」

幅広の男締めを目元に巻かれ、端が首筋に垂れる。

「変態っぽい……っていうか変態……んっ」

キスをされてやっと事実に気づいたが、もう手遅れだ。遠慮のない舌先に口の中をまさぐられ、ダブルベッドの上で身体がびくびくと跳ねた。

欲情は確かな形で佐和紀を翻弄する。

「そういうおまえも、いつもより敏感になってるだろう」

肌をなぞる指を追うくちびるが、胸元にたどりつく。

「んっ……」

脇腹をくすぐられながら、胸の突起を吸われ、舌で舐め転がされる。

「あっ、ぅ……んっ」

音を立てて吸われる恥ずかしさに身をよじり、手探りで掴んだ肩を押しのけようとしたが叶わなかった。掴まれた手首を下げられ、なおも強く吸いつかれる。

「あっ、ぁ……っ」

耐えきれずにのけぞると、

「佐和紀。口元がいやらしい」

ささやく息が濡れた肌に触れて、ぞわぞわと痺れる。

「言う、なっ」

「身体も、だ。こんなに綺麗で……、男を知ってるなんて思えないな」

「『男』って言うなっ。おまえだよ、おまえしか……」

遠まわしな言い方で周平は倒錯を楽しんでいる。

「そうだな。俺に触られて、こんなに興奮して」

ふいに股間を撫でられた。

「んっ……ぁ」

布地の上から絶妙な動きでしごかれ、佐和紀のくちびるから吐息が漏れる。

「もう布まで濡れてる。後ろも触ってやろうか」

「聞く、なっ……」

「足をもっと開いて、そのまま背中を預けろ」

下着を脱がされながら追い込まれ、背中とヘッドボードの間に枕《まくら》がかまされる。

「ほら、遠慮なく。もっとガバッと開けよ。奥までいじられたいだろう」

「意地が、悪っ……」

「そう言うわりに、萎えてないな。俺が開いてやろうか？　強引にされると興奮する夜もあるだろう」

知ってると言わんばかりの口調に、佐和紀はくちびるを嚙む。

膝に手がかかり、左右に開かれる。周平がどこ見ているのか、どんな顔をしているのか、わからない。

だからこそ、すべてを見られていると思う。興奮した目で舐め回すようにされていると思うだけで、屹立はさらに跳ねて成長し、もどかしさが募った。

「佐和紀、自分の手でしごけよ。俺が教えただろう？　さびしくなったら、どうするか」

周平の手は、膝から動かない。

「それはおまえが、いないときのことで……」

「いないと思えばいいだろう」

「無理に決まってんだろ」

身体の気配がするのだ。好きな男の体温がそこにあって、かすかな香水の匂いにさえ興奮する。

「早くしないと、このあたりのほくろを数えるぞ。こんな暗がりで、どれだけ近づけば見えると思う」

「……っ」

まだされてもいないのに、吐息が吹きつけられるのを感じ、佐和紀はくちびるを軽く噛んだ。

手を伸ばし、下腹に這わせる。薄い毛並みを分け、屹立の根元を掴んだ。そこから上へとたどり、手筒で先端を包む。

「んっ……」

濡れた指先が後ろへあてがわれた。

「ほら、しごけよ。こっちも入っていくぞ」

指一本でも異物の感覚はある。しかも熱くて骨ばった指だ。

快感を得るにはじゅうぶんだった。ゆっくりと中を撫でられ、ぞくっと身をすくませる。同時に指が押し出され、つるっとはずれた。

「周平っ……」

「いい眺めだ。俺を欲しがって、こっちもいやらしく喘いでる。指は何本欲しい？　本当はもっと太いものがいいんだろう」

ベッドがきしみ、周平が移動したのがわかる。

「周平？」

不安になって目隠しに手を伸ばすと、「そのままだ」と声がかかる。

部屋の中にはいるが離れている。それから、何かがこすれる音がした。軽い音だ。まるで木と木がこすれるような。

「これが、わかるか」

周平の声が近くへ戻ってきて、太い棒のようなものが腕に突きつけられる。それが肘先をなぞり、佐和紀の手のひらへとねじ込まれる。

想像以上に太い。そして、想像したのとは違って、外側はゴムのように柔らかい。

「ん……？」

首を傾げた佐和紀は、ハッと息を呑んだ。

「ちょっ、なんで……！　おまえ、いつのまに！」

目隠しを取ろうとした手を払いのけられた。

「最低ッ！」

叫んだが、両手を押さえられた。バタつかせた足に馬乗りになられて抵抗が封じられる。

周平の刺青のことが頭をよぎるぐらいに、佐和紀の理性はまだ健在だ。

「おまえの部屋で見つけたんだよ。使いたくて隠していると思ったけど違うのか」

「あっ！」

それが、ユウキから渡されたものだと気づき、佐和紀はぎりぎりと奥歯を噛んだ。置いてきたはずのものがいつ運ばれたのか。考えたってわかるはずがない。

「これはな、佐和紀。俺の形だ」

怒りが沸騰する前に言われ、ふっと心が冷静に戻る。でも、言われた内容は理解しがたかった。

「型を取って作ったんだ。あいつ、予備を隠してたんだな」

「……おまえらバカか」

心からの素直な感想だ。

「んー？」

ふざけた声で返事をする周平が、ディルドを移動させた。腹筋をなぞられ、丸みを帯びた先端が胸をきわどくのぼっていく。

「舐めて、濡らして」

あごからくちびるに達したそれを押しつけられ、佐和紀はぷいっとそっぽを向いた。

「おまえの知ってる形とどう違うか、口で確かめてくれよ。たぶん、今より細い。ほら、くちびる開いて」

悪趣味だと思ったが、周平は本気だ。大きな手のひらにあごを掴まれ、強引に押しつけられる。体臭のしないそれは無機質だ。

「んっ……」

ふいにくちびるがキスでふさがれ、佐和紀は両手で周平の胸を叩いた。周平も眼鏡をはずしているのが、激しいキスでわかる。

顔を振ることもできない力で襟足を掴まれた。噛む勇気があるならしてみろと言わんばかりに舌を差し込まれる。

「んっ、んんっ……ふっ、ぅ……ん」

まぶたの裏がチカチカして、周平の視線を思い出した。胸騒ぎが甦り、肩へ振り下ろすつもりだった拳を開く。

周平の肩に掴まり、息をつく間もないキスから逃れるために首をひねる。さらに追われてしかたなく、周平がしているように襟足を掴んだ。引き剝がすようにすると、やっと息が吸える。

それでもキスは終わらなかった。

欲望のスイッチが完全に入った周平はディルドを離し、佐和紀の首筋を両手で捕らえ、濃厚なキスを続ける。溢れた唾液を吸い上げられ、くちびるが繰り返し食まれた。

舌先同士が触れると、背筋に甘い痺れが駆け上がり、佐和紀は何度も息を吸い込んでは背をそらす。

「んっ……はっ……ぁ、んっ」

乱暴だが、嫌じゃなかった。それどころか、このままではキスだけでイカされそうなのに、拒む気にもならない。

開いた足を周平の膝に乗せ、右手を探して自分の胸に誘う。

「はぁ、ぁ……ッ、ん」

大きな手のひらで胸筋を揉まれ、指に挟まれた乳首がつぶされると快感が小さく弾けた。

「うっ、ん、んっ……ッ」

くちびるをふさがれたままで喘いでのけぞると、腰をいっそう突き出すことになる。反り返った屹立の先端が、周平のシャツに触れ、それもまた刺激になってしまう。

「もっ……、やぅ……っ」

泣き声のような喘ぎが漏れてしまい、周平がようやく動きを止めた。目隠しの端をめくられる。

「後ろに入れていいか」

覗き込まれ、瞬時に理解した。黒光りするディルドが脳裏をよぎる。

「そんなっ、太いの……、無理ッ……」

「俺を根元まで呑み込むくせに、弱気なことを言うなよ。おまえの身体を知る前の俺だ。興味、あるだろう?」

そんなものはない。

そう答えるつもりだったのに、喉がごくりと鳴ってしまい、身体に自分の本心を教えられる結果になった。

「……やだ」

口では拒んだが、下腹部が疼いてしかたがない。指で満足できないことは、佐和紀にも明らかだ。

「過去の自分に嫉妬しそうだ。……今夜はこいつで我慢してくれ」

「ぜったい、やだって、言ったら？」

周平がめくったのと同じ場所の目隠しを押し上げると、

「おまえが財前に叱《しか》られてくれよ」

男の目がからかうように細められた。そのまま、片方だけの視界を確保して、周平はディルドを持つ。くちびるに押し当てられ、佐和紀はしかたなく口を開く。舌を出して、先端を舐めた。それから、口に入れることを許す。目隠しが、また、視界を奪った。

本物と比べてどちらが大きいかは、わからない。でも、再現されたカリ高な部分は、佐和紀のくちびるをもてあそぶように行き来して卑猥だ。

「ローションないと、怖い」

周平ほどじゃないにしても、太いことに違いはない。

「わかった」

と周平が答え、佐和紀はとっさに思い出した。

「ベッドサイドの引き出しに……」

周平が黙り、返事のない理由を悟った佐和紀は焦る。

「俺じゃねぇよ。たぶん。ユウキたちが……来たときの。俺じゃない」

「本当は、もう味わった後じゃないのか」

「死ねよ……」

ぷいっとそっぽを向く。

「怒るなよ」

笑い声がして、濡れた指が足の間に触れた。

「ベッドカバーが汚れる」

「買い直せばいいだろう。どうせ、ユウキたちもダメにするんだ」

とろみのあるローションが穴に塗られ、ひたりとディルドの先端が押し当たる。

「道具を使うと、おまえの顔が冷静に見れる。俺とヤるときも、こんなに興奮した顔してたか？」

「嫌なこと、言うな……っ。口しか見えてないだろッ」

「その口元がエロい」

「おまえが、あんなにするから……。あっ」

ぐっと先端がめり込み、佐和紀は小さな声をあげた。

「そんな、かわいい声を出すなよ」

「ば、かっ……」

「気持ちいいのか？」

抜き差しされながら、ゆっくりとさらに奥へ押し入れられる。慣らされたのは入り口だけだ。ローションをまとっているからスムーズに入ってくるが、苦しさは避けられない。

「ぅ、ん……。はっ……ぁ」

「ずっぽり入ってる。わかるか」

首を左右に振ると、わざわざ手を引かれた。そこに指を持っていかれる。

「ほら、おまえのここが、シワもないぐらいに広がって……。肌が白いから、黒いペニスは余計にいやらしい」

「言う、なっ。あ、っ……ぁ、んっ」

ゆっくりと動いたそれが、佐和紀の指にも触れる。腰で穿たれるのとは違うリズムで中をこすられ、その微妙な刺激に息が乱れた。

追いかけたいような快感を、あえて無視するのはストレスだ。

「感想は？」

「んなの、ない……んっ。あ、デカ……い。ぜんぜん、細くなっ……い。あ、ぁん」

生身と一番違うのは、ぐりぐりと回転することだ。ねじ込まれるたびに、内壁がありえない動きに犯される。

「あっ、あっ……っ」

うわずる声を出してしまいながら、隣に移動していた周平の首に腕をまわす。

こうやって、自分の身体以外でも泣かせた相手が周平にはごまんといるのだ。その事実が佐和紀の身の内に嫉妬を根づかせる。悲しくはなかった。それよりも悔しいだけだ。

自分だけのものになった今でも、過去を思うと苛立つ。

「昔の俺と3Pしてるみたいだろ？　もっと感じろよ。やらしい声で、興奮させてくれ」

手を掴まれ、握らされる。いつのまにかイージーパンツの前をはだけていた周平の股間は、激しく臨戦状態だ。

「周平……っ」

「これぐらい、いいだろう」

「うっ……ん、んっ。や、やっ。やだっ。……あぁ、ぁんっ……そんな、止めっ、て……」

ディルドがズンズンと奥を突く。周平の動きとは違うから、倒錯的だ。目隠しをされていると、なおさらに、それが周平ではないと思え、快感を得ることに後ろめたさがある。

リズミカルに刺激され、たまらなくなった。

「あっ、あぁっ……！　やぁだッ……ひっ、ぁ……」

片手で掴んでいる周平もかすかに揺れ始め、

「周平っ、周平っ……」

「俺じゃなくても、イカされそうか？」

冷静な声に笑われる。それを酷いと思う余裕もなかった。

こすられることが気持ち良くて、理性のある周平には聞かれたくない声が出る。

「やぁっ……あ、あっ。あっ……ぅ」

「いいよ、佐和紀。気持ちよくなっていい。おまえを突いてるのも、おまえが握ってるのも、同じ俺だ。もっといやらしい声で泣いてくれ」

「あんっ。あっ、あっ！　……も、イクッ……あ、あっ、出る、からッ」

身体をよじって佐和紀はディルドから逃げた。周平にすがりつき、

「抜いてッ……これで、イキたく、ないっ……。抜いて、おまえの手でして」

イク、イクと訴え、片手で周平の首筋を引き寄せる。くちびるに吸いつき、後ろから抜かれたのと同時に、周平の手のひらに包まれた。

「あぁっ……いくっ……ぅ」

周平の手が乱暴に目隠しを押し上げる。お互いの射精の瞬間には見つめ合い、佐和紀は腰を激しく震わせた。周平も、顔を歪めて吐精する。

「……くそ。腰に、力が入らない……」

玩具《おもちゃ》で責め上げられた佐和紀は、激しく息をつきながら、シャツ一枚でバスルームへ入

る周平を目で追った。すぐに戻ってきたが、シャツも脱いだ全裸でタオルを持ってくる腰はガーゼで覆われていた。

「もう一回、しよう」

真顔で言われた佐和紀はぐったりとベッドに倒れ込む。

「……死んで」

財前との約束なんて、周平にとっては禁忌でも何でもないのだ。挿入はしてないのだからいいと思っている。

「それでイカされるのはやだ」

「じゃあ、最後が俺ならいいんだな」

「……悪いことばっかり考えて……。自分のそれに、自信、ないの？」

ベッドカバーを掴みながら、伏せった佐和紀はちらりと片目だけを向けた。苦笑する周平がベッドをきしませる。

「それで一人遊びしてるおまえに、せがまれて挿入したい」

「……」

「さっきみたいにグズグズに気持ち良くなった顔で、いやらしく誘われたいんだ」

「な、んて……言えば…？」

ベッドカバーに顔を伏せて、問いかける。

聞いてはいけないことに好奇心を持つのは悪だ。そう思っても、聞かずにはいられない。

周平が身を寄せてきて、耳元に体温を感じる。

ささやかれた台詞に、佐和紀は悶絶《もんぜつ》した。それを言わされるのかと思うと、今すぐ灰になって風に消えたい。

「今夜とは言わないよ」

優しい口ぶりが嫌味な男だ。

全身を真っ赤にした佐和紀は、手足をバタつかせ、しばらく身悶《みもだ》えた。

5

朝の空気は静謐《せいひつ》だ。別荘地に漂う気配はおだやかで、夜の名残を朝露が洗い流していく。

スニーカーを履いた佐和紀は車の通らない道を選んだ。薄手のジャージ姿で駆け抜ける。

能見の開いている道場へ通うようになって、もう少し持久力が欲しくなったのだが、横浜ではいくら頼んでもジョギングの許可が出ない。

最終的には大滝組長にまで諭された。警護が難しいと言われ、必要ありませんと答えたが、『若頭補佐』の負担になると言われて引き下がったのだ。

嫁として屋敷へ入ったのに、好き放題を許されているのは自覚している。周平の負担ではなく、補佐の負担と言われて、つくづくと自分の立場を思い知った。

それが嫌なわけじゃない。飛び出してはいけない領分がある。

だからあきらめたんだと世間話をしたとき、こおろぎ組の松浦組長は深くうなずいてくれた。いい判断だと言われ、素直に嬉しかった。

軽井沢でのジョギングは周平や岡崎の許しも出ている。外へ行く旨をきちんとメモして、心拍数を計測できる時計をつけていくのが条件だ。その時計にはＧＰＳがついていて、迷子になっても居場所がわかるのだと三井から説明された。

木漏れ日の中を走りながら、鳥の声を聞く。

昨夜の周平を思い出し、佐和紀は速度を落とした。

あの後、有無を言わせず追い返したのは、本気で付き合ってしまいそうだったからだ。ディルドでの自慰も、卑猥すぎる誘いの台詞も、朝になったらさらに恥ずかしさを増し、うっかり受け入れなくてよかったと本心から思う。

いやらしいことばかり要求してくるのは、やっぱり周平の性癖なのだろう。ただいやらしいだけならいいが、卑猥すぎるのが難点だ。

それでも三回に一回は付き合うことになり、もうだいたいの恥ずかしい台詞は言わされてきた。

「はずなんだけどな……」

足を止め、額の汗を拭う。ずれた眼鏡を押し上げ直した。

昨日の台詞は久しぶりに引いた。百年の恋も冷めると罵《ののし》りたい一方で、それで興奮するなら相手をしてやりたい気持ちもあって、やっぱりこの恋は冷めそうにもない。

好きなのだ。何があっても、どんな男でも、結局は周平のことが好きだ。

辱められても傷つく気がしない。本気で嫌だと思うこともあるが、それでも、一緒に生きていくのは周平しか考えられないから許すしかない。あの性癖は一種の病気だ。たぶん、粘膜感染する類《たぐい》のものだから、佐和紀もすでにやられている。

のんびりと歩きながら、それでも昨日の周平はおかしかったとあらためて思う。

行為はそうでもない。強引だったり、乱暴だったり、かと思ったら優しくしてくるのは手管だ。だから問題はない。

佐和紀が違和感を覚えたのは、周平の目つきだ。

瞳でも視線でもない。ふとした瞬間の目つき。

胸騒ぎを感じた部分はそこだ。彫ったばかりの刺青が痛んで苛立っていたのかも知れないし、やりたくてやれない欲求不満が募っていたのかも知れない。

どうしたのかと尋ねて素直に答えてくれるような旦那ならストレートに聞くが、周平は真逆の人間だ。嘘だって平気でつく。

だからといって放っておけるほど無関心でもいられない。

ざわつく胸を持て余し、もう一度走り出そうとした佐和紀は、向こうから来る人影に目を細めた。

鼻筋の長い犬と、ロマンスグレーの紳士。

幸弘との散歩で出会った牧島《まきしま》だった。離れた距離で佐和紀から頭をさげると、向こうはしばらく考えてから笑顔になった。

「やぁ。和装じゃないからわからなかったよ」

今日も爽やかだ。

「昨日はありがとうございました」

「ジョギングは日課かい？　よかったら、朝のコーヒーはどうだろう」

「また、秘書の方が？」

「いや、コーヒーは自分だ」

牧島は照れたように笑う。軽井沢には療養を兼ねた休暇で来ているらしく、秘書は女性だった。てきぱきと動くわりに表情が乏しく、牧島がそばに置くには容姿も地味に思えた。とにかく印象が薄い。だから、二人を見ても男女の仲は疑わなかった。

「……甘くないのは飲めないんですけど」

素直に答えると、

「カフェオレにしてあげるよ。おいで」

腕をポンポンと叩かれた。

「あの、犬と走ってもいいですか？　一回やってみたくて」

「いいよ、どうぞ。道順はその子が知ってる。僕は歩いていくよ」

渡されたリードを摑むと、犬はちぎれんばかりにしっぽを振った。走るのが好きなのだろう。

「じゃあ、先に」

行くぞ、と声をかけると、犬は佐和紀の方を見上げ、どれぐらいのスピードで走るのかとうかがってくる。利口な犬だ。

初めはジョギング程度にして、牧島の別荘の位置がわかる場所からはランニングにスピードアップした。最後は引きずられるように駆け込まれ、テラスの前で、佐和紀はすっころんだ。

「くそ、周平め……」

あの男のせいだ。性欲旺盛《おうせい》な目で見つめれば、佐和紀がすべてを受け入れると思っている。そしてそれは事実だ。

だからこそ、腹立たしい。

犬に顔を舐められ、手のひらで押しのける。眼鏡をはずすと、なおも舐められた。

「ダメ、ダメ。俺のご主人に怒られるぞ」

笑いながら遊んでいると、早足で帰ってきたのだろう牧島が見えた。

「すぐに、コーヒーを……」

息を切らした牧島は膝に両手をつく。犬がその足にすり寄った。

「ゆっくりでいいですよ」

そう声をかけ、佐和紀はあたりをぐるりと見渡した。ここも別荘同士の距離はかなり離れている。それぞれが木立の中にひっそりと建っているだけだ。

二人でテラスに上がり、

「タバコがあればいただきたいんですが」

佐和紀が申し出ると、吸って待っていてくれとタバコを渡される。意外に庶民的な『ハイライト』だ。

タバコを吸い終わってしばらくしてからカフェオレが運ばれ、佐和紀はガーデンチェアに腰かけた。

「意外でした」

「あぁ、学生の頃から、それ一本だ。体裁の悪いときはケースに入れ替えるんだよ。どれを吸おうが、人の自由だと思うがね。イメージの問題だと言われればしかたない。君は、何を吸ってるの？」

「ショートピースです」

「それも意外だな」

破顔した牧島は楽しげに肩を揺らした。

犬は二人の間で、おとなしく身を伏せる。

「よかったら、パンもどうかな。ハムとレタスしか用意がなかったが」

渡されたカフェオレは甘く、パンに挟まれたハムが格別においしかった。

しばらくタバコの話が続き、たわいもなく盛り上がった後で、牧島がようやくタバコを一本、くちびるに挟んだ。

　襟付きのシャツを着た紳士も、タバコを手にするとかなりくだけた雰囲気になる。それが銘柄のせいだとは思わないが、佐和紀はどこかホッとした気分で火がつくのを眺めた。

「不躾《ぶしつけ》で申し訳ないが、君のお母さんの旧姓は？　昨日からずっと気になっていたんだ。……遠い昔の、知人の面影が」

「……新条《しんじょう》、だと思いますけど」

　まさか母を知っているのかと、どぎまぎして答えたが、

「別人だね」

　あっさりと返されて納得した。佐和紀の母親は、戸籍さえ偽っていたのだ。本当の名前は誰も知らない。

　それでも、もしかしたら手がかりぐらいはと期待する。

「そんなに似てますか」

「うーん……。似ていて欲しいと思ったのかも知れないな」

　牧島自身にとっても不確かな記憶なのだろう。

「恋人ですか」

「僕はそう思っていたけど……。どうだろうね。難しい関係だったよ。軽井沢へも一緒に来たことがある。一度限りだったけれど」

「良い思い出ですか」

「さぁ、どうだろう」

牧島は言葉を濁した。出会っていたときから感じていた快活さが消え、佐和紀は居心地の悪さを感じた。

しばらく沈黙が流れ、佐和紀もタバコに手を伸ばす。火をつけて、ぼんやりと木々の梢《こずえ》を眺め、息を吐く。

「過去の恋って、いつまでも心に残るものですか」

沈黙の重さに耐えられず、佐和紀は口を開いた。

「たとえば、深く傷つくような、そんな恋でも。……そんな恋の方が、かな」

佐和紀の父親は名家の政治家で、跡取りとして連れていかれないように戸籍を偽ったのだと母はいつか説明した。それが本当なのか、口から出まかせなのかはわからない。

貧乏暮らしの中で痩《や》せ、薬指では余るようなった指輪を人差し指につけていた。あの指輪はどこへ行っただろう。形見として祖母が取り置いてくれていてもおかしくはない。

とりとめのない考えが頭を駆け巡ったが、

「……そうだろうね」

と、牧島が口を開いて、現実に引き戻される。

「ふとしたときに思い出して、眠れないほどいたたまれなくなることはある。だけど、それが本当の愛情とは限らないよ。ただの後悔に過ぎない。選ばなかった答えをずっと持て余してるんだ。あのとき、こうしていれば、とね」

「いつか、消えてなくなりますか」

「誰の話？」

「……友達の」

佐和紀はうつむく。しらじらしいと思うが、牧島は深く聞いてこない。思い浮かべているのは周平のことだった。

「その友達がどんな恋をしていたのかわからないけれど、『恋』は『愛情』とは別だよ。与えるものでも与えられるものでもない。ただ、そこにある現象に過ぎないからね。だから、『恋』でついた傷だってね、かまいたちみたいなものだと思うよ。理由も原因も定かじゃない」

「……」

「君は、友達に、それを忘れて欲しいと思っているの？」

「いや……俺は……」

佐和紀はくちごもる。

周平は由紀子を愛していた。それがすでに過去であっても、今はもう打ち消したいだけの記憶であっても、周平が強く愛したことは事実だ。

それがいつまで続いたのかはわからない。だけど、周平は由紀子を見返すためにヤクザになり、それからも二人はベッドを共にしていた。

そこに、周平が何を求めていたか、知れば、傷つくのは自分の方だ。

はっきりさせない方がいいこともある。周平が憎しみだと思っているのなら、憎しみの裏側は見ない方がいい。

「ものごとを割り切ろうとすれば苦しくなるだけだよ」

佐和紀が顔をあげると、牧島はおだやかに笑っていた。

「割り切れないものを見ないようにすることは、逃げることじゃない。棚の上にあげておくこともだ。そうすることも現実に即しているし、事実は消せない。……僕の忘れられない女《ひと》はね、そう言ったよ。傷があるものを愛するようなところがあってね。綺麗なだけのものは好まなかった」

「忘れて欲しいと、思ったことはないけど……。そう思わないのが、冷たいような気もして」

嫉妬はある。周平と由紀子の過去に。由紀子がつけた周平の心の中の傷に。

周平の口から二人のことを説明されたくないし、好きだとも嫌いだとも言われたくない。

だからと言って、なかったことにしようとも思わなかった。

「恋人、だね。相手は」

「え？　あぁ……。はい」

牧島を相手に逃げきれる自信はない。さっさと認めてしまうと、案外にスッと落ち着いた。

「どんな人か聞いてみたいけど、やめておこう。この出会いを陳腐にしたくない。僕は今日、東京へ帰る。君は天祐荘に泊まっているんだろう」

「知っているんですか」

「あの建物を樺山氏が買い取ったことはみんな知ってるよ。僕の周りはね。……君が養子かい」

「いえ。違います」

「そうか。それはよかった」

牧島の声に快活さが戻る。

その理由を聞こうとした佐和紀は、何気なく向けた木々の向こうに、自分を探している男の姿を見つけた。夏生地のジャケットを着た岡村だ。

手を振ると、向こうも気がついた。

「迎えが来たので、帰ります。カフェオレ、ありがとうございます。あの……、パンに挟まっていたハムってどこへ行けば買えますか？」

「ひとつ残っているから、持ってきてあげよう」

そう言って、牧島は別荘へ入り、すぐに戻ってきた。

岡村は、ある一定の場所から先へは進んでこない。まるで躾のいい犬だ。

「佐和紀くん。君のフルネームを聞いてもいいかい」

真空パックになっているハムの塊を渡され、受け取った瞬間に手を握られる。

「……やめた方がいいですね。俺も、聞きません。牧島さん」

もしも、牧島の職業が政治家なら。

もしも、その女性に指輪を贈っていたなら。

その人の名前も、聞くべきだ。

一度にそう思ったが、佐和紀はうつむいて首を振った。

「運命なら、また会えるだろうね」

牧島は紳士的に手を離してくれる。

「運命なんて、俺、信じたことないです」

はっきりと答えた。

たとえ、運命があったとしても、自分は名乗り出ることもできない。相手が牧島のような男ならなおさらだ。

フルネームを口にすれば、正体が知れる。そうすれば、なおのこと、不都合しかない。

「さようなら。おまえも、さようなら」

犬を撫でて、階段を駆け下りる。

そこで足を止めた。

「あの！　その女性に、指輪を贈りましたか」

耐えきれずに、質問をぶつけた。

牧島は驚いたように目を見開いたが、やがて申し訳なさそうに首を左右に振った。

「何も欲しがらない人だった。佐和紀くん、君は誰かを探しているの。君のお母さんは」

「俺が子どもの頃に死にました。……父親は、政治家だって」

言わずにいられなかった。

牧島が階段を下り、佐和紀の前に立つ。

「残念だが、僕ではないよ。女性を自然妊娠させることはできないんだ。生まれつき、そういう身体だ」

「すみません……。立ち入ったことを」

したくない告白をさせたことへの後悔が先立ち、両親の手がかりを失ったことへの落胆はなかった。

「いや、いいんだ。僕が父親だったとしたら、合格だったかい」

「……言わないでおきます。これ以上、迷惑をかけたくないです」

頭をさげて背を向けると、牧島が追ってくる。肩を摑まれた。

思うより力強い手だ。

「佐和紀くん。僕は、君に言っておくよ。名乗らずに消える君を、必ず探し出してみせる」

「……どうしてですか?」

「運命というのはね、人の意志だよ。それまで、元気に過ごしておいで」

背中を押し出され、佐和紀はふらりとつんのめる。

だけど、感傷は尾を引かなかった。こんなところであっさり見つかる父親なら、周平たちの苦労が水の泡だ。

そう思って、岡村の待つ場所まで走っていく。

牧島に向かって一礼していた岡村が振り向く。

「いつ、お知り合いに?」

今日から三井と入れ替わりに軽井沢入りする予定は知っていたが、こんなに早いとは思わなかった。朝一番で到着してすぐに探しに来たのだろう。淡い色のジャケットの下には柔らかそうなカットソーを着ていて、カジュアルすぎないラフスタイルがいつになくあざとい。

佐和紀の知らない間に身体を鍛えたらしく、胸板が厚くなったように見えた。それでも、周平に比べればまだまだ細身だ。

服が薄くなればなるほど溢れ出る、男の色気には到底及ばない。あれは周平が特別なのだと思いながら、佐和紀は問いかけに答えた。

「昨日だ。一番下の子と散歩してて、知り合った。今日、帰るんだって」

「牧島邸となってますが、ご本人ですか」

「そうだよ。いちいち、調べたりするなよ。普通の金持ちだろうし、こっちは下の名前しか教えてない」

そう言って取り繕ったのは、牧島の最後の言葉のせいだった。運命が人の意志なのだとしたら、本当にもう一度、会うことがあるのだろうかと思う。

佐和紀はそれを待ってみたかった。再会することがあれば、牧島の職業を聞き、かつての恋人の名前も聞きたいと思う。

だから、岡村にも会話の内容は明かさない。周平に抜ければ邪魔が入るからだ。牧島のことが母親の手がかりになるとは、まるで考えなかった。

「……佐和紀さん、口説かれてませんでしたか」

「バカ言えよ。あんな上品な人に……、失礼だな。おまえ。で、いつ来たの」

「ついさきほど着きました。ご挨拶に伺ったら、いらっしゃらなかったので」

「心配になった？　っていうか、朝っぱらから顔を見に来るな。テラスから侵入するのも禁止だからな」

流し目を向けたが、軽く受け流される。

「からかわないでください」

「からかわれてる気になるのは、なんでだよ。やましいところがあるんだろ」

「……そのやましいところを説明しましょうか」

「なんのプレイだ。バカだろ」

ジャケットの肩を突き飛ばして、ハムの塊を押しつける。佐和紀は両手の指を組んで空へと突き上げ、背中を伸ばした。

＊＊＊

「悠護がいなくなって、やっとゆっくりできるってのに、最低だ」

ふんぞり返った環奈が周平の前で足を組む。

山荘のリビングからの景色を眺め、不遜《ふそん》な悪態をつく。

なかば拉致《らち》するような強引さで岡村に連れてこられたのだ。午後の予定が台無しだと、到着したときから機嫌が悪かった。

「説教されるここ、何もしてないけど」

「俺の顔を見て、その台詞が出るなんて、やましいところがあるんだろ？　俺の嫁に迷惑をかけるなよ」

「何が嫁だよ。ふざけんな」

ふんっと顔を背け、今度は腕を組む。完全な拒絶のポーズだが、そういうところが子どもっぽい。

ベージュピンクのカットソーを着た周平は笑いながら、足を組み替えた。

「おまえこそ、ふざけるなよ。皐月を焚《た》きつけるような真似《まね》するな」

「俺はしてない」

「女の格好をさせてるだろ」

周平の言葉に反応して、腕を解く。

「見たの？　けっこういけてるだろ？」

「そういう問題じゃない」

「テニスサークルの学生なんか、完全に女だと思ってたけどね」

ポケットを探った環奈は、灰皿を引き寄せた。甘い匂いが広がる。

「おまえ、何を混ぜてるんだ」

「葉っぱだよ。葉っぱ。ブレンド。あ、ちょっと……」

岡村が近づいて、口からもぎ取る。灰皿で消した。

舌打ちしながら岡村を睨んだ環奈は、周平のことも睨み据えた。

「俺にそんなこと言うんだったらさぁ、約束守ってやってよ。どれほど思い詰めてると思ってんの。俺の純情可憐《かれん》な兄さんを、もてあそぶなよ」

「ガキに猶予をやっただけだ。約束なんかしてない」

「約束してんだよ。女にしてやるって、言ってたじゃねえかよ」

「大人のごまかしを真に受ける方がどうかしてる」

「……あんたらしいよ。本当にゲス」

環奈がテーブルを蹴った。周平も反対側から蹴り返す。

滑ったテーブルが膝下に当たり、環奈は痛みをこらえながら両足を抱え上げた。

「皐月に助言してやれ」

冷たい周平の声に、頬がぴくぴくと引きつった。

「したよ。しつこく、何回も！　だけど。あいつ、怒るんだ。あんたを悪く言うと……。本気なんだよ。だからさ、一回ぐらい、いいじゃん。別のホテルでさ」

「そういう躾をするのは悠護か？　おまえは童貞切るのも早かったからな」

「あんたが女をけしかけたんだろうが」

「思い出深い初体験だっただろう」

「……否定はしねぇけど、最低だな。佐和紀さんは知ってんの？　あんたの本性。知らないで皐月みたいに騙されてるなら許せないな」

ソファーの上にあぐらを組み、環奈は親指の爪を噛む。すぐに気づいて口から離した。

「……皐月に見せただろ」

「皐月が自分で言ったのか」

「かわいそうだよ。すっかり気落ちして。っていうかさ、どんなセックスしてんだよ」

「見たいのか。綺麗な顔した佐和紀が、どんなふうによがるのか、想像できないわけじゃないだろう？」

「できねぇ」

はっきりと答える。回数はこなしていても、その程度の経験しかないのだ。

「ままごとのセックスしか知らないくせに、皐月を抱けとか言うな。無責任にもほどがある」

「偉そうに」

「偉いんだ」

あっさり言い返した。ソファーの背に肘をついて頭を支える。

「皐月の処女喪失だけが目的なら、そこにいる優しいお兄さんを紹介してやろうか。俺よりはよっぽど紳士的だ」

「周平っ！」

環奈が叫んで立ち上がる。皐月も純情なら、環奈も潔癖なところがある。それは、皐月に関することだけだが、本人は気づいていない。

「しません」

控えていた岡村が静かに口を開く。

「環奈さんも落ち着いてください。からかわれてるだけです」

「俺が命令すれば、するしかないだろう。シン」

「佐和紀さんが許しませんよ。相手は京子さんの息子です」

「……本当に、手離れのいい男だな。おまえは」

これ見よがしなため息をつき、周平は皮肉げに笑った。周平のもとから自立し、佐和紀についてやれと言ったのは、ついこの間のことだ。なのに、もうそれを盾にする。

「話が終わったんなら、俺は帰る。岡村さん、送ってよ」

不機嫌な顔で、環奈が振り向いた。

「環奈。皐月はあきらめるだろう。あとは、京子さんと揉めてる件だ」

純情が服を着て歩いているような皐月だ。ディルドを使った濃厚なセックスを見せられ、自分がそれを受け入れられるとは思わない。感受性の鋭さから考えても、佐和紀との仲が深いことは理解できたはずだ。

「間に立ってやれよ」

「そういう簡単な話じゃない」

環奈がそっぽを向く。珍しく煮えきらない顔になり、しきりと床を蹴った。

その表情を見上げ、周平は冷淡に言った。

「簡単じゃないからまとめきれないなんて、弱音だろう。悠護が聞いたら、がっかりするぞ」

「……俺だって、家族の問題じゃなきゃ！　知ってるだろ」

「だから、なんだ。いつかは表面化する問題だ。おまえ、結局は誰が傷つくのか、ちゃんとわかってるか？」

「ガキ扱いするな」

「二十歳になったぐらいで笑わせるなよ。おまえがそうやって強がって遊んでいられるのは、悠護の金のおかげだ。……でもな、育てたのは母親だ」

「あんた、母さんのこと好きじゃないくせに」

口出しするなと睨まれ、周平は余裕たっぷりに笑い返す。それが環奈を苛立たせることは折り込み済みだ。そもそも、環奈の気持ちを慮《おもんぱか》ってやる義理なんて、周平にはない。

「女としては、好きじゃない。でもな、耐えがたい苦痛を乗り越えたことは、尊敬に値する。おまえらを産まずに殺すことも、産んで殺すこともできたんだからな」

「女を食いものにしてきたあんたに言われたくないよ。佐和紀さんは不幸になるね」

まっすぐな目で環奈は言い切った。鋭い視線は京子譲りだ。辛辣になればなるほど、表情が冴《さ》え渡るのも遺伝だろう。

ふいっと背中を向け、そのままリビングから出ていく。

「二十歳って、いい響きだな」

笑いながら岡村を見ると、

「あの年頃を、あんまりからかわないでください」

真顔でたしなめられる。

「青臭くておもしろいんだよ。よく見張ってろ。佐和紀に半殺しにされないようにな」

「そっちですか」

「返り討ちは佐和紀の専売みたいなもんだ。……あいつが不幸になると思うか」

「……俺に何を言わせたいんですか。喜ばせるつもりはありませんから。環奈さんと向こうへ戻ります」

岡村の返事はあっさりとしたものだ。おべんちゃらを言う気もないらしい。

「それから、佐和紀さんが今朝《けさ》、思いがけない場所に出入りされてましたよ」

「どこだ」

あらためて視線を向ける。

「牧島氏の別荘です。ご本人がいました」

「……牧島、斉一郎《さいいちろう》か。どこで釣り上げたって？」

「幸弘くんとの散歩の途中だって言ってましたけど」

「……佐和紀は知らなかっただろう」

「はい」

牧島の顔はすぐに思い浮かぶ。清廉潔白が服を着て歩いているような男だ。

「内閣官房副長官か……。星花《シンファ》に回しておけ」

「すでに手配しました。あとは樺山氏にも通しておいた方がいいですね」

これが本当の偶然ならいいが、もしも裏があるなら複雑だ。

牧島は見た目ほど爽やかじゃない。伏魔殿での悪霊退治のためなら、少々あくどいこともやってのける男だ。

元は警察庁警備局にいたが、政治家の娘と結婚して政界に進出した。その娘には前夫との子どもが二人いて、子種のない牧島に白羽の矢が立ったというのが世間の噂《うわさ》だ。

一時期、スキャンダラスに取り上げられ、牧島は仮面家族だと糾弾された。しかし、それを逆手に取り、男性不妊を堂々と宣言したことが功を奏した。外見の爽やかさを最大限に活かし、女性の支持を一気に集める結果になったのだ。

「佐和紀を知って近づいたと思うか」

牧島に限っては、大滝組若頭補佐の男嫁としてじゃなく、周平が大磯の御前と繋がっていることを知っての行動と見た方がいい。

「それはないと思います。佐和紀さんは下の名前しか教えてないと言ってましたし。でも、星花にはその線も踏まえさせます」

「……惚れられたな」

「たぶん」

「だろうなぁ。樺山さんには俺が電話を入れておくよ。佐和紀は罪作りだな」

おもしろがっている振りで話を混ぜ返す。だが、これは悠護の耳にも入れて置くべき案件だ。

「佐和紀さんが悪いわけじゃありません」

「じゃあ、誰のせいだ」

「引っかかる方ですよ。……アニキの責任だなんて、言いませんから。絶対」

周平に抱かれて磨かれたとは言いたくないのだ。

「それでは、失礼します」

きっちりとした一礼をして、岡村が退室する。

「いちいち嫌味だな」

押し殺しきれない笑いを漏らし、周平はソファーに沈み込んだ。

6

軽井沢での滞在も五日目になり、翌日から北関東出張に出る周平はなんとかして佐和紀と二人きりになろうとした。しかし、支倉に打ち合わせをゴリ押しされ、阻まれる。

事情を岡村から聞かされた佐和紀は、周平と会うのをあきらめ、京子の誘いに乗って牧場へ遊びに出た。

京子と岡崎、そして幸弘。四人で向かった県営の育成牧場は、広大な敷地を持ち、その一画が観光用に解放されている。

目に優しい夏草の丘に放牧されている牛と、白い綿雲を頭に載せた浅間山の粗削りな姿は、いかにも牧歌的な景色だ。向こう岸が見える海を見て育った佐和紀には、高地の空と雄大な山裾《やますそ》が新鮮だった。

「幸弘が、あんたの子どもなんて、まだ信じられない」

丸太を組んで作ってある柵《さく》の外側で、京子と幸弘が馬に乗るのを眺め、佐和紀は二人に向かって手を振る。

隣に立つ岡崎も軽く手をあげた。

「そうか？　京子が産んだ子だ。いい子に決まってるだろう。皐月も環奈も出来が良い」

その二人は、今日もテニスで不在だ。東京の大学生と仲良くなり、彼らのサークル活動に混ぜてもらっている。

京子と皐月はよそよそしく、まだ和解に至っていない。幸弘が言った通り、家族にとっては恒例行事らしく、誰《だれ》も二人の仲に口出ししようとはしなかった。

「幸弘だけ、あんたに似ちゃって……」

ポニーに乗っている少年を眺め、洋服を着た佐和紀は顔を歪《ゆが》めた。

薄手のカーゴパンツとフード付きの半袖は、明後日《あさって》には軽井沢へ戻ってくる三井の荷物から引っ張り出したものだ。

「顔は俺似だな。おまえの好みだろ？」

「言ってろよ」

こおろぎ組を出ていったときから、ついこの間まで、佐和紀は元兄貴分の岡崎を恨んでいた。今はもう許しているが、昔のように敬語を使う気はない。

「どうして、手元で育てないの？」

柵に摑《つか》まりながら聞く。

「ヤクザだからだ。子育てにいい環境じゃないからな」

「悠護の手元だとマトモなのかよ」

「どう思う？」

ふざけた言葉に真面目《まじめ》な顔で返され、佐和紀は首を傾《かし》げた。

「……幸弘はいい子だもんな。環奈がねじれてる気がするんだけど」

「皐月はどうだ」

「周平のこと？」

「気づいてたんだな」

「ニヤニヤするなよ。皐月自身から言われたんだから」

「環奈も皐月も、そういう年頃なんだろ。おまえがこおろぎ組に来たのもあれぐらいだったな。ハスッパかと思ったら、驚くぐらいネンネで……あれはあれで問題児だった」

懐かしむように笑われ、ポロシャツの肩を押しやる。岡崎はさらに嬉《うれ》しそうに笑い、

「離れて暮らしていても、あの三人の親は俺と京子だ。それがわかっていれば、それなりに育つだろう」

他人が心配するようなことなら、もうじゅうぶん考えてきたのだろう。佐和紀は遠い目で、馬場の向こう側を見た。澄んだ空には入道雲が湧《わ》いている。

ここにいれば、横浜での現実は忘れられる。自分がヤクザであることも、隣に立つ岡崎が大滝組の若頭ということもだ。

けれど、ひとたび横浜に戻れば、岡崎と京子の配下には何千何万の構成員がいる。佐和

紀が忘れるようには、自分たちの立場を忘れていない。

「偉いのは悠護だな」

佐和紀はぼそりと口にした。

安心できる居場所さえあれば、子どもは救われる。搾取の対象にならないというだけでもじゅうぶんだ。

「褒めてやるか？」

意外そうな顔で問われ、佐和紀は小首を傾げた。

「優しいのは知ってるよ。アレは、あいつ自身に『場所』がなかったからか……」

記憶が甦《よみがえ》り、佐和紀は小さく息を吐く。感傷的にはなりたくなくて眉《まゆ》をひそめたが、美緒を受け入れ、わかっていながら騙《だま》された悠護を思い出すと胸の奥のどこかがひりひりする。

美緒を救うことが、あの頃の悠護の『心の在り場所』だったのかも知れない。できれば知りたくない話だった。本当のことはときどき、後悔を深くしてしまう。

「なぁ、佐和紀。俺の代わりに、おまえから一言頼むよ」

「はぁ？」

思わず気色ばんだが、岡崎にはさらりと受け流される。

「俺だって感謝は言葉にしてる。けどな。家族だから当たり前だって、あっさり受け流される。伝わってる気がしない」

「……悠護がそう言うなら、いいじゃん」

「たまには喜ばせてやりたいだろ」

「俺に何をさせるつもりだよ」

思わず睨《にら》みつける。岡崎の肩から力が抜け、

「そんなことは言ってないだろう。……させるなよ」

鋭い視線を向けられた。

「何を」

わかっていて問い直す。

「周平としてるようなことだ」

「バカじゃねぇの。周平としかしねぇっつーの」

「そうか、じゃあ、安心だ」

「おまえが言い出したんだろ。……京子さんが、あんたの居場所なの？　組を出たのって
……」

「あれは、おまえのためだったって言っただろう」

岡崎はあっさりとしている。

「佐和紀。知りたがりを悪いとは言わないけどな。繊細な話だってわかってるか？」

夏雲が流れ、草の上に影が流れる。何が繊細なのか、ちっともわからない。

「……そうなの？」

「そうなんだ。……叶《かな》わない恋ってのは、辛《つら》いんだ。おまえは知らないだろうけどな」

「京子さんに、そんな相手が」

「おまえ、人の話、聞いてるか？　俺の話だろ。……わざとじゃないのがムカつくな。まぁ、いい。とにかくな、傷つけないで守っていたかったんだ。おまえを、だ。京子はな、行き場のない気持ちでも、他人のものならそのまま丸呑《まるの》みできる。でも、自分のことはそうもいかない。だから、俺が背負ってやろうって、そんなところだ」

「なー、それって、どっちを好きだったんだよ。京子さんって、二番目？」

「おまえが睨むな。二番目に好きな相手と結婚した方がいいっていうだろう」

「やっぱり二番目！　おまえ、最低だな」

くちびるを引き結んで睨むと、

「一番目が言うことか……」

岡崎は脱力しながらぼそりと言った。その言葉は佐和紀まで届かない。

「おまえが永遠に二十歳《はたち》だったら、俺とずっと一緒だったかと、そう思うときがある」

「そんなことあるかよ。俺だって年を取りたい」

「おまえの、そういうところは本当に『男』だな」

「うっせぇ」

「おまえは苦労してきた分、ちゃんと年を取れる。頑張ってきたもんなぁ」

頭の上に手を乗せられ、びくっとした直後に撫《な》でられる。

「やめろよ！」

勢いよく振り払い、佐和紀は飛びすさった。

「嫌なんだよ。周平以外にされると、気持ち悪い」

「そこまで言うか」

「本当だからしかたないだろ」

「たかだか、チンポを舐《な》め合ってるぐらいで」

「は？」

あけすけなことを言われ、佐和紀は思わず真っ赤になった。

「うん？　そうだろ？」

岡崎が一歩踏み込んでくる。

「……ちがっ。あ、のなぁっ……！」

両手のひらを見せ、肩で息をする。恥ずかしくて頭の中が沸騰しそうだ。

「あぁっ！　そうだよ！　そういうことが平気なのは、あいつだけなんだよ。しかたないじゃん。やれちゃうんだから」

「好きで舐めてんだろ？　あいつの、太いだろ？　どこまでくわえられる？」

「黙れ。くそジジィ」

「耳まで赤いな」

「うるっさい！」

振り上げた手で躊躇《ちゅうちょ》なく空気を切る。岡崎の頬《ほお》にバシッと平手打ちがヒットした。

「殴るからな！」

佐和紀は叫んだ。

「もう殴ってるだろ。やめろよ、子どもの前だぞ」

「知るか！」

「俺も舐めて欲しかったなぁ」

「殺すぞ……」

もう睨む気も起こらない。頬を殴られても嬉しそうな岡崎は、悪ガキの顔をして佐和紀を無遠慮に覗《のぞ》き込んでくる。

「悪い、悪い。心の声が出た」

「死ね。ホント、死ね」

佐和紀の暴言にも、嫌な顔ひとつせず、肩を揺すって笑うだけだ。

「佐和紀、おまえ、組に戻りたいか？」

いきなり話題が変わり、佐和紀は面食らう。

「こおろぎ組を名乗っていいの……」

「周平とのことは別にして、そろそろ肩書のことも考えた方がいい頃だ。筋の通し方は俺たちで考える。はっきりさせないと、直系本家の一員にされかねないだろう。おまえは組長の覚えがいいからな。でも、直系本家の看板の威力は、こおろぎ組の非じゃないぞ」

「……それ、俺が考えんの？」

「周平に決めさせてもいいけど、自分のことだろ」

「オヤジが……なんて言うかな。怒られんの、ヤなんだけど」

大滝組を名乗るなんて言ったら、どんなことになるか。

意外にあっさりしているかも知れないが、どこに発火点があるのか、日によって違うから難しい。

「あんな大ゲンカしておいて、よく言えるな。……考えもなしで相談に行くなよ？　すぐに答えを出さなくていい。周平とも相談してみろ」

「あんたは？　どう思ってる」

「俺の思惑を聞いたら、おまえはその裏を行きたくなるだろ。言わないよ」

「えー。言ってよ」

「好き、って？」

「……人が真面目に言ってんのに」

話を混ぜ返され、佐和紀は片頬を膨らませた。

「三十になった男のする顔か……？」

「見んな、ボケ」

すねに蹴《け》りを入れ、佐和紀はポケットを探る。小銭の音を確認して、とりあえずはソフトクリームで口を冷やすことにした。


牧場で一日遊び、夕食の後は買ってきたハムやチーズで京子たちとワインを飲んだ。周平のいないところで飲んだことがバレたら、叱《しか》られかねない。でも、京子のお気に入りのナイアガラ・スパークリングは甘い香りがフレッシュでおいしかった。

周平と一緒のときにたらふく飲もうと思いながらロビーへ出る。玄関から環奈が入ってくるところだった。

「母さんたち、リビング？」

「うん。まだ飲んでる」

磨きあげられた階段の手すりに掴まっていても足がふらつき、環奈に手を差し伸べられた。

「ありがと」

と礼を言ったが、それも無駄だったと直後に思う。手すりに追い詰められ、若い男の身体《からだ》が遠慮なく近づいてくる。腕に閉じ込められ、佐和紀は鬱陶《うっとう》しさに眉をひそめた。爽《さわ》やかなコロンが鼻につく。

「なんのつもりだ」

「洋服も印象が変わっていいですね。一緒に飲みませんか。佐和紀さんの部屋、入れてくださいよ」

それ以上は近づけてこないが、下半身が反応していることは雰囲気でわかる。

「まだそんなこと言ってんのか。ガキが色ボケすんな」

腕を払い、階下へ逃げる。さっさと部屋へ入ろうとドアノブを握った手が、後ろから掴まれる。

今度は腰がぴったりと寄り添ってきて、勃起《ぼっき》しているのがはっきりとわかった。

「セックス。すごいんでしょう？」

振り向きざまに殴ってしまいそうな嫌悪を感じ、佐和紀は身を硬くする。

ねっとりと熱い息遣いが耳に吹きかかり、

「皐月が見たって言ってましたよ」

ささやかれて、嫌悪感どころじゃなくなった。

「すごい太いオモチャ。どこに出し入れしたんですか」

「……環奈、どけよ」

「佐和紀さん。皐月が偶然見たと思いますか？　あいつは、覗き見をするような人間じゃないんですよ」

「俺の背中に立つな」

肘《ひじ》で相手のみぞおちを押しながら、振り向く。

アルコールで酔い、潤んだ目では睨みの効果も半減だ。わかってはいたが、深く息を吸い込んで見据えた。

正面から見ると環奈も酔っているのがわかる。へらへらと笑うくちびるの端には、口紅のこすれた跡があり、発散してきた性欲の名残があちらこちらから感じられる。

若く奔放な性衝動を想像すると、心底から苛立《いらだ》ったが、それよりも皐月だ。カーテンは閉まっていると思った。でも隙間《すきま》があったのだろう。

「周平さんが呼びつけたんです。あんたとのセックスを見せるために」

「だから、何」

強気で答えたつもりだったが、自分で思うよりもずいぶんと語調は弱くなった。

「酷《ひど》い話だと思いませんか。……皐月は泣いてましたよ」

「そんなにエグいことしてない」

「でも、あきらめる気になるぐらいには、濃厚だったんだ。それ、俺にも見せてくれませんか？ この部屋にあるんでしょう。そのオモチャ」

「殴るぞ」

肩へとぶつけた手を、環奈に捕まえられた。

「悠護とは寝たんですか」

「……俺は、周平専用だ。バカなこと考えてないで、あっち行けよ」

「あんな大人にいいようにされて……、やっぱりセックスですか？ そんな清純な顔で、どんなやらしい身体にされてんの？」

「環奈」

佐和紀は声をひそめた。

もう片方の手で、首筋を引き寄せる。息が互いのくちびるに吹きかかり、鼻が触れ合いそうに近づく。

「おまえ、童貞じゃないだろ。でも、本当のセックスも知らないな」

「周平と同じこと言うなよ。なんか、興奮するじゃん」

「ガキが」

「……そのガキに組み敷かれてみる？」

手首を強く摑まれ、ぐいっと踏み込まれる。ドアが開いて、二人の身体が佐和紀の部屋に入った。

　同じ階に寝泊まりしている岡村はまだ戻らない。声をあげても、聞きつける人間はいなかった。

「あんたは本当のセックスってのを、知ってるんだろう？　挿《い》れて腰振って、やることは変わらないと思うんだけどさぁ。まあ、それを俺に教えてよ」

　酔っている環奈は力の加減を知らない。このまま本気で興奮されたら、殴って止めるしかない。でも、それがどの程度で済むのか、佐和紀にも想像がつかない。

　鼻血程度で済めばいいが、骨までいくと厄介だ。京子に対して申し訳が立たない以上に、事態を察した周平と岡村のダブルコンボが危険すぎる。明日戻ってくる悠護と石垣も察するだろう。

　かといって、今、ここでこっちがケガをさせられるのも避けたい。それで止まるならいいが、酔っ払いの理性なんてたかが知れている。

「若い、身体か……」

　佐和紀はしかたなくため息をつき、身体の力を抜いた。

「腕、痛い」

　そう言いながら顔を傾けると、環奈はいよいよ興奮する。腕を離した手が腰にまわり、

「ヤバくない？　このケツ、すげぇ……」

はぁはぁと息を乱しながら、揉《も》みしだかれる。

「さっきまで女抱いてたんだろ？　おっぱいの方が好きなんじゃないのか」

言いながら、佐和紀は眼鏡《めがね》をはずした。自分のＴシャツの襟に引っかける。

「俺は、バックでケツ揉みながら責めるのが好きなんだ。佐和紀さん、メチャクチャ突いてやるから」

さらに踏み込まれ、腰に昂《たか》ぶりが当たる。

「がっつくな……」

佐和紀はのけぞりながら、環奈の首筋に両手を添わせた。

「させてやるから、お利口にしてな」

ふっと笑いかけると、環奈が生唾《なまつば》を飲む。その頬を両手で包んで、引き寄せる。佐和紀が目を伏せると、向こうも素直に目を閉じた。

バカだな、と思う。周平なら、絶対に主導権を渡さない場面だ。詰めが甘い。

佐和紀はまぶたを押し開き、照準を合わせる。間髪入れずに額へ向かって頭突きをかました。甘いムードに酔っていた環奈は、みっともない悲鳴をあげてしゃがみ込み、そのまま額を押さえて、床を転げ回った。

不意打ちに驚いただろうが、喚《わめ》くほどの被害じゃない。

これで酔いも醒《さ》めただろう。

「バカか。俺と周平がやるから『本当に気持ちいいセックス』なんだよ。んなこともわからないで、口説いてくるな」

眼鏡をかけ直した佐和紀はスニーカーの裏で環奈を蹴り、痛い痛いと言うのを聞かずに部屋の外まで蹴り転がした。

思う存分、尻を揉ませてやったのだ。同情する余地はない。

「おまえ、このこと、悠護にバレたら、どうなんの？　んん？　無理に突っ込めば、あいつらに勝てるなんてな、甘いよ」

額を押さえてうずくまる環奈の前にしゃがみ、襟を掴んで引き起こす。涙目になっている頬を手のひらで叩《たた》くようにして顔をあげさせる。

「誰にも言わねぇから、さっさと行け」

「……やっぱ、イメージ違う」

「わかってたんじゃねぇのかよ。何回もバカか」

へらっとしたチンピラの笑みを浮かべ、佐和紀は環奈を突き飛ばす。さっさと部屋へ入って、ドアに鍵《かぎ》をかけた。

「男ってのは、どうしようもねぇな」

首を左右に傾け、頑丈にできている自分の額をさすった。貞操の危機を幾度も救ってくれた石頭が、今夜も愛《いと》しい。

「けど……マジか……」

環奈に言われたことを思い出し、可憐《かれん》な皐月の目元が浮かんでくる。額をさらに強くこすりながら、佐和紀はうろうろとその場を行ったり来たりした。

「サイテー……」

あの夜の痴態が甦ってきて、胸の奥が重くなる。幸弘に見られたと言われる次にショックだ。

今すぐ皐月を捕まえ、忘れてくれと言いたい衝動に駆られたが、それこそ恥の上塗りになると気づく。いまさらどうにもならないとわかっていても、どうにかしたくて、佐和紀は部屋の中をぐるぐる回る。

そこへドアをノックする音が響き、心底うんざりした。

まだあきらめずにいる環奈を見たら、みぞおちに膝蹴《ひざげ》りぐらい入れてしまいそうだ。

「しつこいな」

ドアを開けながら、この際、一発ぐらいの八つ当たりは許されるはずだと思う。

「おまえな……」

いい加減にしろと言いかけ、佐和紀は目をしばたたかせた。

顔をあげた先にいるのは、黒縁の眼鏡をかけた男だ。若い環奈には持ちようのない貫祿《かんろく》がある。

「来たの」

佐和紀は呆然《ぼうぜん》と声をかけた。立っていたのは周平だった。

「誰と間違えたんだ」

「間違えてない」

素知らぬ振りをして中へ招き入れる。

「牧場はどうだった」

「馬がいた」

「乗ったか」

「京子さんと幸弘が。俺は、岡崎の話し相手だよ」

「弘一さんは満足しただろうな。乗りたくなかったのか」

「ちょっと興味あるけど」

「おまえはうまく乗れるだろう。俺の上にまたがるのも上手になったからな」

腰を引き寄せられ、じっとりと睨み返す。

「バカだろ。おまえとは絶対に行かないからな」

「明日、悠護と一緒にタモツが戻ってくる。二人と行ってこいよ。せいぜい、妄想させてやれ」

指があごに触れてきて、佐和紀は軽くのけぞる。

環奈のことはすっかり忘れ、眼鏡がぶつからないように近づいてくる周平とキスをした。

「シンは、おまえと一緒に仕事だっけ」

「あいつには見せなくていい」

周平の冷たい目が細くなる。

「そうなの？　どういう線引き？」

「シンはこれからもおまえのそばにいるだろう。タモツは、来年の夏には向こうだ」

「決定、なんだな」

悠護と二人で都内へ行ったのも、段取りのためだった。

「年内にはカタギに戻す」

「……へぇ」

「こっそり遊ぶ分には問題ないから、面倒なことには巻き込むなよ」

「そっか……。そういうことになるんだ」

大滝組に在籍したままでは、警察の監視もつきかねない。

「海外旅行とは違うからな」

「タモツのことは、悠護が預かってくれるんだよな」

「一緒にいるわけじゃないぞ」

「わかってる。でも、困ったことがあったときは、頼る人間ぐらい用意されてるよな？」

「そう思って間違いない。俺のチームからあっちに移る感じだな。サポートはあるし、放り出されたりはしない」

「……里帰りは？」

「おまえのところにか？」

周平が笑う。

「いや、おまえだろ」

石垣は家族に絶縁されているのだ。カタギに戻ったといっても、元ヤクザで前科があることに変わりはない。日本へ戻るときは、他に帰る場所もないだろう。

「どうだろうな。そんなこと、気にしたこともなかったな」

「てめぇの舎弟だろ」

「怒るなよ」

「怒ってない」

「今では、おまえの子分みたいなもんだしなぁ」

「何、それ。違うだろ」

周平の腕の中から出る気になれず、佐和紀はさりげなく、手を腰に促す。目で誘うと、覆いかぶさるように体重がかかってくる。乱暴なだけだった環奈のそれとは違い、周平の揉み方は、指先からして卑猥《ひわい》だ。

「細かいことは悠護に聞いてみろ。たまになら連れてきてくれるだろう。でも、できれば二年は行ったきりの方がいいぞ。里心がついたら、苦労するのはタモツ自身だ」

「そっか」

「そういうことも含みで、悠護が考えるから、おまえはわがまま放題言ってやれよ。あいつ、わがまま聞くの、大好きだからな」

「……意地悪いな」

「俺のわがままはおまえが聞いてくれるだろう？」

甘い声で言われ、カーゴパンツの前をゆるめられる。両手が下着の内側に入ってきて、臀部《でんぶ》を直《じか》に揉まれた。

じんとした痺《しび》れが下腹部で吹き溜《だ》まり、深く開いた周平のシャツのボタンをもうひとつはずす。手を滑り込ませて肌を撫でながら見上げた。

「他の男に任せて平気なのかよ」

拗《す》ねた振りで口にすると、

「おまえを信じてるよ。俺にしか言わないわがままを、うっかり口にするような男じゃない」

揉まれて熱の生まれる臀部のスリットを指でこすられ、ぞくっと震えが走る。

「周平……」

甘えた声で呼ぶ。

「どうした」

凜々《りり》しく問われ、うっとりと瞳《ひとみ》の中を見つめた。

「キス……」

「どういうのがいい」

「わかるだろ。わかれよ」

周平にしか言わないわがままを口にする。満足げに笑った周平が近づいてきて、くちびるが重なった。

舌が柔らかく絡む優しいキスだ。佐和紀は震えながら喘《あえ》ぎ、舌を差し伸ばした。チュッと濡《ぬ》れた音で吸われ、淫靡《いんび》に繰り返される。

「んっ」

周平の手に腰を撫で回され、佐和紀は身を引いた。そこへ触れられることを望んだからだ。でも、下着越しに手が当たってすぐに違和感があった。

「佐和紀……」

「え？　あれ……？」

周平の手が、なおもいやらしくこねる。それでも、そこは熱くならない。

「疲れてんのかな」

言いながら視線を落とすと、周平の手が下着の中へ入る。全体に体温を感じ、その程度しか膨らんでいないのだとわかった。

「キスは気持ちいいんだけど……」

想像した快感はなく、痛みの方が強くなる。そう訴えると、周平は手を引いた。

こんなことは初めてだった。

周平のキスと手で、勃《た》たなかったことなんてない。いつも、条件反射のように興奮してしまうのだ。

「前立腺《ぜんりつせん》をこすってやろうか。それとも、また昔の俺を使うか」

周平にいやらしくささやかれ、佐和紀はびくっと肩を揺らした。皐月の顔がちらつき、胸の奥に痛みが走る。

「そういうこと、するからだ……」

皐月に見せたのかとは言えなくて、つぶやく。

「佐和紀、環奈とどうかしたのか」

佐和紀のつぶやきを聞き逃した周平がさりげなさを装って探りを入れてくる。逃げていく環奈を見るか、すれ違うかしたのだろう。

佐和紀は苛立ち、床を踏み鳴らした。

「違うだろ！　おまえだよ、おまえ！　おまえが、あんな……オモチャ……イヤ、なのに」

「あれは……、悪かったよ」

「思ってねぇな！」

あっさり謝られるのが、さらに腹立たしい。周平はいつもそうだ。やった後で責められても、しおらしく謝れば、佐和紀が許すと思っている。

それは事実だ。だから、余計に腹が立つ。

「思ってる。心から」

周平の手がそっと肩に触れてきて、身をよじった佐和紀はくちびるを尖《とが》らせた。

「本当か嘘《うそ》か、俺にはわかるんだよ！　もー！　帰れ、おまえ、帰れ！」

「そんなにつれなくするなよ」

「……どうせ、関係ないもんな。俺が勃とうが萎《な》えようが」

今度は指先で肩を撫でられる。佐和紀の逆立った気持ちが収まることはない。

「言いがかりだろ。関係ないなんて思うわけないだろう。気にするなよ……。酒を飲んだんだろう？　勃ちが悪い日もある。それに、俺はまだセックス禁止中だからな」

「違ったら、自分だけすっきりするつもりだろう。穴があればいいもんな、おまえは。俺が勃起しなくても、あぁいうのを出し入れしてれば楽しいもんな！」

しかめっ面であごをそらし、その場を離れる。テラスへ出ようとすると、扉を開ける前に、腰を抱かれた。Tシャツの裾から手が入ってきて、乳首を探られる。

「あっ……」

たわいもなく見つけられ、声が出る。両手でそれぞれをこねられ、浅く息を吐いた。

「不感症になったわけじゃないな。感じてる声だ」

「うるさ……」

文句をつけている途中で身体を反転させられ、背中がガラス戸に当たる。服をまくり上げられた。周平のくちびるが肌を吸い、尖った舌がしこった粒を転がす。

「あっ……っ、ん、んっ」

そこで感じる頼りない快感はいつも通りだった。もう片方を指で愛撫《あいぶ》され、伸びあがりたいような悦を感じる。

「んぅ……ぅ、ん……」

甘い吐息が転がり落ち、佐和紀は首筋をさらしてのけぞった。

周平の匂《にお》いがして、それだけで興奮する。股間《こかん》は萎えていたが、募っていく熱は下腹部をじりじりと焦がし、胸への愛撫だけであっけなく押し上げられる。

「あ、……きもち、いっ……」

自分の指の関節を噛《か》みしめ、佐和紀はまぶたを閉じた。

淡いきらめきが闇《やみ》の中で点滅して、太ももの内側が痺れる。それからずくっと腹の奥が疼《うず》いた。

震えるほどでもない、やわやわとしたさざ波にさらされ、

「イッたのか、佐和紀」

精悍《せいかん》な顔つきに覗き込まれる。それだけで、もう一度さざ波に打ち寄せられた。こくりとうなずく。腰の部分は勃ちきらないが、快感は生まれている。

両腕を周平の首筋に絡め、もう一度とねだる。

「ん、……ん。いく、いく……」

今度は、絡み合う舌のぬめりで神経が敏感になった。腰が大きく震え、逃げようとした身体を抱き寄せられ、二人してその場に崩れ落ちた。

「……やめっ、見られる……。カーテン、引いて」

「おまえがもう一回、イッたらな」

そう言った周平の指で口腔《こうこう》内を乱され、乳首を強く吸われてのけぞった。腰の痙攣《けいれん》が止まらず、佐和紀は強く目を閉じた。

7

天祐荘の庭は広い。そして、緻密《ちみつ》に構成された植物で覆われ、一目には奥行きがわからない。

木板の遊歩道を歩いてぐるりと巡れば五分もかからないが、途中には西洋風東屋《ガゼボ》もあり、どこをとっても美しい。身体の向きをわずかに変えただけで、雰囲気が変わり、そのひとつひとつに足を止めれば、いつまでも過ごしていられる。朝には朝の、夜には夜の、そして昼間もまた、太陽の向きによって趣の違う景色があった。

ランチまでの時間をつぶそうと庭へ出た佐和紀は、ピンクとパープルのサルビアを眺め、センニチコウの茂みに足を止める。

野イチゴのような丸い花は、赤、白、ピンクと乱れ咲き、夏の空に向かって我先にと伸びていた。

その他にも色とりどりに他種多様な草花が植えられている。毎日、午前中に老年の庭師がやってきて、一通りの作業をして帰っていくのだ。彼からいくつかの花の名前を聞いたが覚えきれない。

鶯色《うぐいすいろ》に細い縞《しま》の浮いた小千谷縮《おぢやちぢみ》を着た佐和紀は、下駄を鳴らして歩く。乾いた音が小気味よく、日陰でまた足を止める。うなじに手をやり、木々の梢《こずえ》を渡る音に耳を傾けた。ときどき、強い風が吹き、そのたびに夏が過ぎていく気がする。雲は早く流れ、たまに雨雲がやってくると肌寒ささえ感じるぐらいだ。

「さーわきさんっ」

遊歩道を駆けてきた環奈に呼ばれ、佐和紀は歩き出す。

「無視しないでよ。外へ散歩に行きません？　それとも、テニスを教えましょうか？　ねえ、佐和紀さん」

昨日頭突きした額は、アザのひとつも残っていない。それはそれでホッとしたが、環奈もまた、これっぽっちも懲りていなかった。

悠護そっくりの立ち直りの早さだ。申し訳なさそうに謝ることさえない。

「おまえ。しつこい」

「まぁ、若さの取り柄って、そんなことぐらいだから」

後をついてこられ、逃げ出したくても道がない。遊歩道は、分岐点があるだけだ。

「無駄だから、あっち行け」

「いやですぅ」

広くなった道で環奈が先に出る。と、同時に足を出され、佐和紀はうっかりつまずいた。

「危ない。大丈夫でした？」

腰を抱き寄せられ、

「おまえが引っかけたんだろう」

拳《こぶし》でどんっと胸を叩いてやる。痛みに顔をしかめたが、腰から手を離すこともない。昨日の一件で環奈が学んだことは、佐和紀が本気を出せないということだ。彼が京子の息子である限り、絶対の安全ラインがあると知っている。

「足が長すぎるみたいで。すみません」

「ムカつく……」

「佐和紀さん、いい匂いしますね」

「……周平の匂いだ」

身体を押しのけて答える。袖を払い、角帯の位置を直す。

「昨日、泊まって帰ったんですか」

「そうだよ。朝までいじり倒された」

言葉の通りだ。勃起しない分、変なスイッチの入った身体を撫で回され、佐和紀は思わずしゃくりあげて泣いてしまうほどイカされた。

指もディルドも拒んだが、欲しくなかったわけじゃない。だから、満たされていない欲求は腰にずっしりと重かった。

周平は今日から北関東出張だ。朝一番で山荘へ戻るのに付き添い、支度を手伝った。送り返してもらった佐和紀の代わりに岡村がピックアップされ、支倉と財前も軽井沢を後にした。

数日離れるだけなのに、別れ際のキスを思い出すとせつなくなる。周平は気にするなと言ったが、原因不明の勃起不全に戸惑っているはずだ。

「いやらしい顔してますよ」

環奈が顔を覗き込んでくる。

「いやらしいことを思い出してんだ。察しろよ」

「今日から、いないんですよね」

うきうきと声を弾ませ、佐和紀の肩に手をまわす。あきれるほど能天気だ。頬にキスされそうになり、身をよじると、

「代わりに俺がいるんだよ」

悠護の声がした。振り向く佐和紀の横で、環奈が舌打ちする。

佐和紀も顔をしかめた。

「嬉しくないいんだけど。うちの石垣は？」

「ちょっとは休ませてやれよ」

「おまえが休んでろ」

冷たく言い放ち、環奈の手首を掴む。

「いつまで引っついてんだよ。暑い」

関節技を決めると、あわあわと身を引く。

「環奈はまだまだガキだから。抱っこが大好きなんだよなぁ？」

意地悪なアニキ面で悠護がへらへらと笑う。昨日見た環奈の笑みとそっくりで、佐和紀はがっくりと脱力した。まるで兄弟だ。

「幸弘が探してたぞ」

葉っぱ柄のアロハシャツを着た悠護が親指を立てて、来た道を示す。約束をしていたのだろう。環奈はしかたなげに息をつく。

「はいはい、行くよ。佐和紀さん」

「うん？」

振り返ったと同時に顔が近づいてくる。とっさに拳を握ったが、みぞおちへ繰り出す前に悠護が引き剝《は》がす。佐和紀に代わって、頰を平手打ちにした。

「環奈！　ハウス！」

びしっと帰り道を示され、

「犬じゃねぇし！」

頰をさすりながら憤慨する。むくれて帰っていく背中を見送り、悠護がわけ知り顔に振り向く。

「まったく、何年反抗期をやれば気が済むんだろうな、あいつは。しつこくされてるんだろ？　そろそろキレそうか」

「ボコる前に、京子さんに承諾を得る」

「それは、なんか、怖いな。手加減なさそうで」

笑った悠護からタバコに誘われ、悪態をつきながらもついていく。

「姉貴と皐月が揉めてるんだって？」

三日目の口ゲンカから、冷戦は続いている。

「幸弘から、さっき聞いた。あの面倒見の良さは、父親譲りだな。大滝の血じゃねぇわ。うちのオヤジも、横暴が服着て歩いてるような男だからな」

「そうは見えないけど」

自分のタバコではなく、悠護の一本をもらう。

「見せてないんだよ。外面いいから。……おまえは、気に入られてんだろ？　見せるわけねーし」

ノウゼンカツラに彩られた八角形のガゼボは白い柱と水色の屋根で、ベンチがある。灰皿もちゃんと設置されていた。

二段ほど高くなっているから、庭の印象がまた変わる。

「佐和紀は、理由、知ってる？」

タバコをふかしながら、親子ゲンカについて聞かれ、

「うちの旦那《だんな》さん」

あっさり口にする。悠護はタバコを指に挟んだまま、こめかみを掻《か》いた。

「やっぱりか。こんなこと言うとあれだけど、悪いのは周平だから」

悠護の言葉に、くわえタバコで振り向く。もちろん、自分の旦那がいい人間だとは思ってない。

ただ、いきさつを聞きたかった。

「断り方ってあるだろ？　わざと思わせぶりなことをしたんだよ。皐月はさぁ、処女みたいに純情でさ。周平のことを王子様みたいに思ってたんだよな。単なる憧《あこが》れだったのに、焚《た》きつけられて……。結果、『大人になる』イコール『周平とセックスする』って思い込んでる。周平は、そういうことの後始末はしないからな。……悪口、怒らない？」

「悪い男なのは事実だ」

「……いいお嫁さんだな」

からかうでもなく笑いかけられ、

「うっせ」

煙を吹きつけ返す。悠護は笑いながら身を引いた。

「その上、姉貴はあれだしね……。周平のこと、大嫌いだからな。姉貴によく怒られてたから、その腹いせだな。皐月に粉をかけたのは」

「周平って、京子さんに何かしたの？　まさか」

「いや、ないない。してない。単に憎むべき『男』の代表みたいに思われてるだけ」

「なら、いいけど……」

「周平は悪くないよ。『悪い男』だけど、姉貴には何もしてない。言いがかりなんだけどさ、あいつ、そういうことの不平不満は言わないんだよな。姉貴に罵《ののし》られても、聞き流してるだけで。その代わり、理由を知っていても解決方法を知ってても、絶対に、手を貸さないってのが、あいつの性格の悪いトコ」

悠護は肩をすくめた。

「まぁ、そこは姉貴が頭さげればいいんだけど。あっちも、絶対、そんなことしないから」

「おまえが手を貸せばいいじゃん」

「皐月に対して周平ほど影響力がない。憧れの対象ですらないよ」

「……カッコわるっ」

佐和紀が指差すと、

「きずつくぅー」

悠護はふざけた声で言って、ケラケラと笑う。

「俺から、言う？」

タバコを消した佐和紀は、髪を掻き上げた。

「周平がわかってるのにやらないだけなら、俺から言おうか」

「……あー、そっか。おまえが言うのは、アリか。それなら姉貴の怒りも買わないで済みそう」

「あいつが戻ってきたら、相談する？」

「そうだな。進展がなかったら、そうしよう。このまま、夏が終わると困るからなぁ。あの二人は本当に頑固なんだよ。あと、環奈に気をつけろよ。あいつ、本当にバカだからな」

「何、それ」

軽く睨むと、真剣な視線が返ってくる。

「腹の中は黒いんだよ。俺と周平の鼻を明かすためなら、おまえを陥れるぐらい平気でやるぞ」

「誰に似たの、それ。っていうか、おまえらがいじめてるからだろ？」

「いじめてねぇよ。かわいがってんだよ」

「モノは言いようだな」

「でも、周平は容赦ないから……」

「いつもの展開だ」

佐和紀は着物の衿《えり》を指でしごいた。出かけ際の抱擁で、周平のコロンが移ったらしい。スパイシーウッドが儚《はかな》く香る。

「悪い男といると苦労が絶えないだろ？」

「でも、いい男なんだよ」

「……エロい方だけのだろ」

悠護は鼻を鳴らし、けだるげにタバコをふかす。

「ゴーちゃん」

「うん？」

車移動の疲れがあるのか、悠護が手を組んで伸びを取る。

昔のあだ名で呼んだ佐和紀は、少しだけ躊躇して、視線をさまよわせた。

「あのさ、立たなくなったことある？　いや……ごめん、忘れて」

「腰？　それとも、棒の方？」

「ある？」

視線を伏せると、思い出している沈黙の後で答えが返る。

「どっちもあると言えばあるけど、後者は、おまえのせいだ。思い出したわ」

「……俺のせいじゃない」

佐和紀は沈んだ声で答えた。

「あー。美緒のな……。逃げられてしばらくは無理だったなぁ。その気になってもこっちがついてこなくて」

くわえタバコの悠護が、自分の股間を指差す。

「もしかして、そうなの？」

悠護に覗き込まれて、佐和紀は顔を背けた。それが答えになる。

「マジで？　なんで？　どうして？　周平の変態プレイか」

「おまえ、うるさい」

「どんなことされたんだよ。やばいな。いい男とか言ったばっかだろ！」

「なんで興奮してんだよ！　気持ち悪い！」

「あはは。そう言うなよ。エロすぎる」

笑いながら片膝を抱えた悠護を睨みつける。

「うっせぇ。こっちは困ってんだよ」

「自分では、してみた？」

「し、た……けど。ダメだった」

「いつから？」

「昨日の夜……。自分では、朝……」

「体調とか気分もあるだろ」

「……」

「気にしてんの？　周平は何も言わないだろ。まあ、心配はするだろうけど」

「だから……」

「あー、優しいね。責任感じて欲しくないいんだ？　でも、あいつのせいじゃないの？　思い当たること、あるんだろ？」

ないとは言えない。頭の中で皐月のことがぐるぐる回り、思い出すと胸の奥が重くなる。

「あるみたいだな。それ、話し合えば？」

「うん。そうする……」

それしかないのだろう。言ってどうなるかはわからない。周平を責める気もない。だけど、このままじゃさびしくなる一方だ。

佐和紀は、小さな声で「ありがとう」と口にした。

抱えた膝に頬を預けた悠護が視線を向けてくる。

「他の誰かってのは、試した？　なんだったら、俺がやってやろうか。周平じゃダメでも、俺のこれが前立腺をこすれば……」

「俺の、ありがとうを返せ……ッ！」

悠護が話し終わる前に平手打ちをお見舞いする。もう一言だって聞くつもりはない。

なおも叩いてやろうとすると、くわえタバコの悠護に抵抗された。揉み合いになり、タバコがコンクリートの床に落ちる。

それをすかさず足で揉み消した悠護が、ベンチの上を後ずさって逃げた。

「下心なんかないから！　医者だと思ってればいいだろ！」

「おまえ、医者じゃねぇし！　下心しか！　ないだろ！」

悠護をベンチの端に追い込み、拳を振り上げる。顔面に狙《ねら》いを定めた瞬間、悠護がぎゅっと目を閉じる。

「ふざけんな！」

佐和紀が叫んだところで、足音が駆け込んだ。

「悠護さん！」

悠護をベンチから引きずり下ろしたのは、石垣だ。

「佐和紀さんはいつでも本気なんですから！」

「全力疾走？」

ぜぇぜぇ言っている石垣に羽交い絞めにされ、間一髪助けられた悠護は呆然としたまま言う。

「命拾いしたな、おまえ。……おかえり」

鋭い視線を悠護から石垣へ向ける。拳をほどいて着物の衿を直すと、派手な幾何学模様のシャツを着た石垣が片膝をついた。

「ただいま、戻りました。悠護さん、どうしますか」

言ったのと同時に、悠護の腕をひねり上げ、肩を摑む。

「痛ぇ！　おまえ……っ」

「摑まえとけ」

笑った佐和紀はもう一度拳を握り、悠護の頭をぽかんと殴る。

「終わり」

「酷いよ。おまえ」

頭と腕を交互にさすった悠護は、石垣を恨みがましく見る。

「自業自得だと思います」

留学の準備をしている間に仲良くなったらしい二人は、派手なシャツの趣味がそっくりだ。友達同士のような気安さでアイコンタクトを取る。

悠護が吸殻を拾って灰皿へ捨て、

「こんなにかわいい佐和紀が悪いだろ」

軽口を叩く。佐和紀が睨みつけるよりも早く、石垣が生真面目に答えた。

「佐和紀さんは綺麗《きれい》なんです」

「……え。おまえら、やめろ。すごく、気持ち悪い」

寒気を感じた佐和紀は、震える自分の身体に腕をまわした。

8

「……という、予定ですが」

　ホテルの最上階に位置するスィートルームで、周平がうんざりとしながらブランチを取っている間も、支倉は仕事熱心だ。

「サラダはお気に召しませんか」

「いらない」

「少しは召し上がってください。ご新造《しんぞ》さんからも、野菜は勧めるようにと申しつかっています」

　さらりと言われ、周平は横目で睨んだ。

「おまえが、佐和紀の言うことを聞くのか」

　昨晩の会食が長丁場になり、酔わせようとする相手に張り合って深酒になった。二日酔いはまったくしていない。食欲がない理由はまったく別のところにある。

「今日の夜は、岡村だけでいけるだろう。俺は先に店を出る」

「いけません。今夜は面通しの意味合いが強いんですから、最後まで残ってください。岡村との信頼感を印象づけておけば、今後が楽です。何度も呼び出されるのは不本意ではありませんか？　ここでこらえていただければ、地固めも楽になります」

正論を返され、バスローブ姿の周平は黙った。オレンジジュースを飲み、サラダに手を伸ばす。確かに、しっかり食べて頑張れとは言われたが、支倉から念を押されると釈然としない気分だ。

そもそも、支倉は佐和紀を快く思っていない。それなのに、こんなときだけ『ご新造さん』を振りかざすのは、卑怯《ひきょう》だ。

「お仕事をなさってください」

「本当なら弘一さんの仕事だよな」

「渉外担当はあなたです、周平さん。言い添えますと、他の補佐もあなたほどの影響力はありません」

自分の仕える人間に絶対の自信があるのだろう。誇らしげな支倉を見上げたが、自分のことだとはまるで思えない。

「金を撒《ま》いておけばいいだろ」

「わかっていて暴言を吐くのは、やめていただけませんか。イラついてきました」

「……青スジな」

サラダを置いて、指を差す。

ふぅっと息を吐いた支倉は、こめかみを片手で撫でる。

「席を抜けるたびに軟膏《なんこう》を塗るのが面倒だ」

腰の刺青《いれずみ》は、まだ保湿が必要で、ときどき痒《かゆ》みが出る。

「明後日はゆっくり過ごせます。夫婦生活を再開する許可もいただいていますから」

「財前は医者じゃないだろ」

「化膿《かのう》でもしたらどうするんです。熱は出たんですから」

「もうかさぶたができてる。化膿なんかするか。佐和紀に会いたいんだ。連れてくれば……」

「嫌です」

よかったと言う前に遮られた。

「おまえの気持ちは関係ないだろう。俺のことを考えろ」

「考えた結果、却下です。いったい何がそれほど気になるんですか。結婚したばかりでもないのに」

「まだ三年だよ。もっとべったりさせてくれよ」

「却下です。先ほどの続きですが」

「……佐和紀が、勃起不全になったらしくて」

「はい？」

書類に視線を落とした支倉は顔をあげない。

「一大事だろ？　機嫌を損ねたつもりはないんだけどな、何を無理させたのか。気になるじゃないか」

「……なりません」

支倉の声がわなわなと震える。

「俺は気にしてるんだ」

「お言葉ですが、後ろの穴がふさがったわけでもなし、問題はないでしょう」

「おまえ、酷いな」

感情を消して言うと、ようやく顔をあげた。無言で見据えてくる表情には、『仕事をしろ』と書いてある。

「今日、明日、二日間我慢してください。その間に、あの男の股間の機嫌も直ります」

「……情緒って知ってるか」

冷たく言うと、支倉からも冷笑が返る。

「覚えたての知識をひけらかさないでください。『情緒』なんてもの、ほんの数年前まで微塵《みじん》もご理解なかったでしょう。この話はここまでです。それでも気になるようなら、岡村を差し向けて確認させます。いかがですか」

「『お連れしましょうか』ぐらい言えないのか」

「仕事の邪魔です」

支倉は辛辣《しんらつ》だ。眉ひとつ動かさなかった。本気でそう思っている。

「佐和紀の人たらしは、俺の比じゃないぞ」

「その分、トラブルも呼びますよ。ご自分の妻を巡って、関東抗争を仕掛けたいのならどうぞ。あの男はうまくやるでしょう」

淡々とした支倉の口調に、怒りが積もっていく。長い付き合いでそれがわかり、周平はテーブルを指先で叩いた。

「わかった。わかったよ。仕事に集中する」

「ありがとうございます。では、次の件ですが。あぁ、環奈さんのことですね。昨日の夜に調書が上がってきました」

書類を繰った支倉の言葉に、周平は表情を引き締め直した。

「クロだろ」

だいたいの想像はついている。

「クロですね」

支倉がホッチキス止めされた書類を差し出してきた。

受け取りながらも、昨日の敏感な佐和紀を思い出す。しがみついてきた腕の汗ばんだ感触に、頬がゆるむ。

「周平さん」

支倉の厳しい声がピシリと響き、部屋の空気を凍らせた。

＊＊＊

昼を過ぎてから悠護と石垣、軽井沢へ戻ってきた三井を誘い、佐和紀は幸弘を連れて牧場へ行った。今度は乗馬もして、前と同じように小動物と戯れて帰り、岡崎や環奈も誘ってトランプ大会を開いた。帰りの道中で、幸弘と約束したからだ。

皐月からそっけなく断られた悠護は、読みかけの本があるらしいと幸弘に説明する。兄弟の不機嫌を察している幸弘は素直にうなずいた。

みんなでテーブルを囲み、コインを賭《か》けてババヌキをする。

もちろん、大人は後で精算するつもりだ。純粋な遊びが性に合わないヤクザ者ばかりが揃《そろ》っている。その中に混じって遜色《そんしょく》のない環奈も真剣だった。

誰よりも熱くなるのは、軍資金に乏しいからだ。三井と石垣と悠護がアイコンタクトで示し合わせ、環奈を追い込んでいく。

その脇《わき》で静かにコインを集めていくのは欲のない幸弘だ。

「いつまで拗ねているつもりなの」

それは突然だった。佐和紀たちは一斉に振り向いた。

「拗ねてなんてない！」

キッチンから飛び出してきた皐月が、京子の腕を振りほどく。

「私に文句があるなら言いなさいよ！」

数日に亙《わた》る冷戦で、京子の堪忍袋の緒が切れたのだろう。ダイニングから逃げてきた皐月の腕を、京子が引き戻す。

岡崎の膝にのぼった幸弘がしょんぼりと肩を落としたが、出入り口で言い争われては逃げ出すこともできない。

三井と石垣は揃って驚いていたが、佐和紀をちらりと振り向き、だいたいのことは理解する。幸弘を誘うと、テラスへ出ていった。

リビングに残ったのは、佐和紀と岡崎、そして環奈と悠護だ。

「放っておいてよ」

皐月が、リビングをちらりと気にして後ずさる。京子は掴んだ両手を離さなかった。

「できないわ。できない」

「母さんには関係ない」

「どうして。周平は……」

「もういいから！」

叫んだ皐月は全身で佐和紀を気にしている。リビングに視線を向けてきたのも、佐和紀を確認したからだ。

「あの人のことはいいから！」

涙声になった皐月がうつむく。泣いているのだろう。肩が大きく震えていた。

「母さんは、周平さんばっかり責めるけど、あの人が何をしたの？　何もしてない！　そういうところが嫌なの！」

「そういうところって、何」

問い詰める口調の京子が一歩踏み出し、岡崎がそばへ近づく。

「京子、場所を変えよう」

間に入ろうとしたが、京子に拒まれた。

「皐月は知らないのよ！」

「京子。落ち着け。皐月だってわかってる。もう子どもじゃない。気持ちが落ち着くまで……」

「子どもよ！　子どもだわ！」

京子が感情を昂ぶらせる。

「私の子どもなの！　誰にも傷つけさせない！」

「そんなことまで、背負って欲しくないって言ってんの！」

京子以上に甲高い声で皐月が叫ぶ。しゃくりあげ、涙を手首で拭《ぬぐ》った。

「もう、いいじゃない！　わたしも環奈も、もう成人したんだから！　もう、守ってくれなくてもいい」

「……皐月」

勢いに押された京子が後ずさり、岡崎に肩を支えられる。弱々しい声は震えていた。

今度は環奈が動き、皐月のそばへ寄る。

「皐月、もうやめろ。感情的になって話すことじゃない」

「だけどッ、環奈……ッ。もう、限界だもの……」

「だから？　環奈、何があったの」

京子が環奈へと腕を伸ばし、岡崎に抱き寄せられる。

「お母さん」

皐月が泣きじゃくりながら顔をあげる。ふらりと、京子へ近づく。

「わたしと環奈が、弘一さんの子どもだったらって、思うでしょう……」

次の瞬間、京子が皐月を平手打ちにした。

「あんたたちは私の子どもよ！」

勢いでふらついた皐月が、両足で踏ん張り、勢いよく顔をあげた。母親を見つめる。

「じゃあ、父親のことは!?　わたしたちを見て、思い出さないわけない！」

「皐月！」

叫んだのは、環奈だけじゃない。岡崎と悠護の声も重なる。

皐月は身を翻して逃げた。環奈が追いかける。

悠護は、岡崎へと向き直り、

「弘一さん、皐月のことは環奈に任せて、姉さんをお願いします」

二人を退室させた。それから、テラスにいる三井と石垣に、星空でも見せてやって欲しいと、幸弘へのフォローを頼む。

「佐和紀。おまえに話がある」

声をかけられ、佐和紀は浴衣《ゆかた》の裾を直しながらゆらりと立ち上がった。


庭のガゼボまで歩く間、悠護は悪ふざけのひとつも言わなかった。佐和紀を置いていく勢いで進み、先にベンチへ腰かけた。

タバコに火をつけ、何度も煙を吹き出す。

「……佐和紀、おまえさ、姉貴の過去のこと、どれぐらい知ってる？」

タバコを吸う気にならず、常夜灯に浮かぶ夜の庭に目を向けていた佐和紀は振り向く。

「俺は、何も……。父親が違うってことぐらいだ」

「だろうな。そういうところは弘一さんも周平も口が堅い。……俺とは違う」

「それを、環奈と皐月に、話したのか」

責める気はなかった。ただ確認しただけだ。

「全部は話せないけどな。少しだけ。知らないから幸せってことはないだろう。姉貴と上の二人は、日本にいたときから綱渡りだったんだ。それでも姉貴だって頑張ったし、皐月も環奈も、事情を知ることで、母親の苦労を理解したんだ。……他人から聞かされることだけは避けたかった」

「俺にも、口を滑らすつもりなんだな」

佐和紀が確認すると、ガセボのそばに立てられたライトの淡い光の中で、悠護はタバコをくちびるに挟んだ。首の後ろで手を組んだまましばらくうつむき、やがて口を開いた。

「おまえには俺から話すことになってたんだ。周平も知らないことがある。……おまえが周平に言っても、それは問題ないよ」

視線を向けてきた悠護は、もう疲れた顔をしている。

「どこから、話すかな……」

切り出しあぐねて、悠護のタバコが短くなる。灰皿へ捨てて、ガゼボの柵に腕を預けた。

「あの三人の名前はさ、オヤジがつけたんだ。皐月は五月に生まれて、環奈は十月だったから。安直だろう。そのときはそう思ったよ。愛情が感じられなかったし、どっちも女の名前みたいだし。皐月が生まれたとき、俺はまだ十二で、姉貴は十九だった。事情を知ったのは、十六になったときだ……。まぁ、それが原因で俺は大阪に預けられたんだけど」

悠護の指が、せわしなく、自分のくちびるを叩く。摘《つま》んで引っ張り、親指の爪《つめ》を噛みかけてやめる。

「皐月の父親は誰かわからない。拉致《らち》監禁、強姦《ごうかん》、輪姦。そういうことだ」

悠護は一息に言った。ガゼボの外をぼんやりと眺め、くちびるを噛む。すぐに、話を続けた。

「オヤジが知れば報復が始まるだろ？　姉貴はずっと黙ってたらしいよ。うちは母親が病死してたし、姉貴の素行は良かったから、誰も気づかなくて。堕胎できない頃になって、精神的におかしくなって……。気づいたのが、姉貴の親友でさ。年上の人なんだけど。皐月と環奈が赤ちゃんだった頃の育ての親だ。姉貴は養子に出すか施設に預けるって言ったけど、それなら自分が育てるって……、親父《おやじ》から金をもらって育ててくれたらしい。皐月の名前が女みたいなのも、オヤジなりの気遣いなんだよな。愛情がないわけじゃない」

悠護の表情が翳《かげ》る。無表情でいようとしているのだろうが、ぴくぴくと引きつる目尻《めじり》で無理がわかる。

「でさ、環奈の父親は、皐月のときの一人だ。詳しいことは、俺も知らない。でも、一緒に暮らし始めた姉貴と男をオヤジが引き離して、姉貴は環奈を産んだ。それでな、佐和紀」

悠護の視線が自分へ向いたことに気づき、佐和紀も振り向く。互いの視線はぶつからなかった。

「元の事件の主犯な。そいつの始末をつけたのが、周平だ」

「……始末？　殺したって、こと？」

「知ってるだろう？」

問われてうなずく。本郷《ほんごう》から揺さぶりをかけられたことがある。そのときも、周平ならそれぐらいの経験はあるだろうと思っただけだ。どんな鬼畜なことをしていても、ありえると納得してしまえるぐらい、周平の心の奥は暗い。

「その相手だ。別件の絡みで持ち込まれた話だったけど、弘一さんと姉貴は相手の正体をわかってた。周平も知ってて殺《や》ったんだ」

「うん」

「環奈の父親は刑務所の中だけど、姉貴との関係はたぶん本物だと思う」

「本物？」

佐和紀が繰り返すと、ようやく悠護の視線が戻る。

「愛し合ってたことは事実らしい。男の母親あてに、姉貴は送金を続けてる。俺には理解できないけど、姉貴が立ち直ったのはこの男のおかげだって親友も言ってたから……」

「京子さんが組にこだわるのって」

「それは事件の前からだ。男を恨んでるのは、後」

「あー……」

「重いだろ？」

悠護はまたぼんやりと庭を眺める。その横顔を見つめ、佐和紀は途方に暮れた。

「なんで、俺に話すんだよ……やめろよ……」

「おまえが、周平の代わりになって、姉貴を助けてくれるんだろう？」

「……そりゃ、駒《こま》のひとつぐらいにはなれるけど……」

京子を好きな気持ちだけでは、岡崎や周平のような活躍はできないだろう。

「佐和紀。考え違いすんな。駒なんていらねぇんだよ」

悠護に睨まれ、

「いや、無理だろ」

答えると、髪を掻き上げた悠護が向き直った。

「女衒《ぜげん》やって金稼げとは言われねぇだろ。周平ができないことを、おまえはできる。周平は、ヤクザじゃねぇよ。あんな刺青を背負っても」

「俺は、チンピラだ」

「立派な極道になればいいじゃん」

「軽っ……」

真剣な気持ちをたわいもなくあしらわれ、チェック柄の浴衣の衿を指でしごいた佐和紀は顔をしかめた。悠護が鼻で笑う。

「軽くなきゃ、やってけない。十六のとき。事件のことを知ってさ、荒れたんだ。姉貴がかわいそうでさ……。親父がヤクザやってるせいだと思った。荒れた末の大阪送りで、向こうの幹部の代わりにムショに行ってやって……。繰り上げで出て、身を寄せたのが静岡だ」

佐和紀が美緒として暮らし、悠護と出会った場所だ。

「俺にも、おまえを追えない理由があったんだ。探したよ。だけど、探してどうなるのかわからなかった。あの頃の俺といても、美緒は不幸になるだけだ……。そう思ってた。でも、一発やるつもりだったのに！」

いつもの調子が空回りする。京子の話をした後で本心に聞こえるはずがない。

悠護だって欲の絡まない時間を必要としていたのだ。姉を傷つけた欲望を、自分はコントロールできると思いたかったのだろう。

そういう真面目さを横顔に滲《にじ》ませ、悠護は視線をそらす。

「やらなくてよかったじゃん。美緒はおまえを嫌いだったわけじゃないし、俺もおまえには悪いと思ってる」

「じゃあ……」

「今、このタイミングでそれを口にしたら、タコ殴りにする」

「怖ぇよ」

笑う悠護の指が震えている。それを、ベンチの隣に移った佐和紀はそっと掴んだ。かつてそうしたように、指を絡める。

悠護がうつむき、かすかな声で、佐和紀の昔の名前を呼ぶ。

しばらくはどちらも口を開かなかった。それぞれの事情で肩を寄せ合い、それぞれの事情で別れた。打ち明けられない秘密と傷を相手に押しつけられなくて、ただ純粋に『愛情』で、そして『友情』だった。

「姉貴は、自分の過去が子どもを傷つけると思ってる。でも、そんなことはさ、俺がもうあっちで一通り終わらせてあるんだよ。今じゃ、二人ともとっくに乗り越えてて、たいした問題じゃない。だけど、皐月には別の悩みがあるから……」

「なんとかなるだろ」

その悩みが、京子の事件ほど重大だとは思えない。

「おまえが言うと、夕食の魚が泳いで逃げたような気楽さがあるな」

「……悠護、そっちの手も貸せ」

両手首をまとめて掴み、片手で握りしめた佐和紀は、悠護の肩を抱き寄せる。

「泣いてもいいけど、キスしないから」

「やべぇよ……おまえ、いい匂いしてんだけど。……美緒」

「美緒じゃねぇよ」

「じゃあ、佐和紀に惚《ほ》れてもいいか」

泣き笑いの悠護の声が耳元で震えて聞こえる。その背中をポンポンと叩いてやりながら、

「おまえに、『惚れてる女』がいることは知ってんだぞ」

支倉からちらりと聞いた話で牽制《けんせい》をかける。

「あれも、落ちない女なんだよ。俺の雇い主にぞっこんだ」

「難儀だなぁ。……しばらく黙ってろ」

背中をあやすように叩いて、佐和紀は目を伏せた。

夏草とバラと、名前も知らない花の匂いに包まれ、無性に歌いたくなる。こんな夜は、歌っている方がいいのだ。

だから、静かに口ずさむ。

シベリアの過酷な寒さと労働に耐え、祖国に戻る日を願う歌だ。目の前の苦難が尽きれば、必ず春は来る。そう言って、佐和紀に歌を教えてくれたのは、祖母の恋人だった。

「あ、やべぇ。本当に泣ける……」

悠護が鼻をすする。

佐和紀は目を閉じ、京子の身の上話を重く受け止めないように努めた。それがどれほど過酷なことだったとしても、自分のことのように悲しんだり動揺したりするのは違う。

痛みも苦しみも、そして乗り越えた強さも、すべては京子一人のものだ。他の誰の力でもない。

京子のことを本当の姉のように思う気持ちが胸に溢《あふ》れ、木々の葉ずれの静けさが佐和紀を泣かせた。

ガスコンロにかけた鍋《なべ》の底をじっと見つめ、水が湯に変わり、泡が立つのを待つ。

今夜に限っては周平からの電話さえせつなくて、事情は他の誰かから聞くだろうと思い、自分のことは話さなかった。万が一にでも泣こうものなら、たった十分のためにでも帰ってくると知っている。

夜食の袋ラーメンをキッチンの作業台に置き、換気扇の下でぼんやりとタバコを吸う。ショートピースの辛さが舌に絡みつく。

周平とのキスを思い出すまいとすると、母親のことが頭をよぎった。それと同時に牧島を思い出す。

簡単に父親であることを期待したのは、佐和紀が出会った中で一番と言っていいぐらい好ましい人物だったからだ。

あんな男と恋をしたのなら、母も不幸の甲斐《かい》があったかも知れない。

夕陽が眩《まぶ》しくて歪めた頬の、一筋の涙。その意味を、佐和紀は知りたいと思う。父親を見つけて得られた真実に意味があるのかはわからない。無駄に傷つくだけかも知れない。気持ちはまだ、ぎこちない覚悟のままで揺れている。

「佐和紀さん。夜食ですか？」

キッチンの入り口から声がして、振り向くと石垣がいた。

「ラーメン、食べようと思って。おまえもいる？」

手招くと、中へ入ってくる。

「お手伝いします」

「じゃあ、どんぶり、もうひとつ」

鍋にお湯を足して、沸かし直す。一気に二袋分を作るつもりだ。

「幸弘はどうしてた」

「帰りの車で寝ました。皐月さんは物静かに見えて、よく癇癪《かんしゃく》を起こすそうです。病気じゃないかって、ため息ついてましたよ」

「生意気だな」

幸弘の顔を思い出し、佐和紀は息を吐き出した。

「大人は大変だって言うんで、子どもでいたいのかって聞いたら、お母さんのために大人になるんだって言いました。でも、『ヤクザは流行《はや》らない』って、こう、腕を組んで……。誰の真似《まね》なんだか」

石垣が肩を揺らして笑う。浴衣にたすき掛けをした佐和紀も笑いながらうなずいた。

「かわいいよな。あれぐらいの年頃がいい」

「……欲しいんですか」

「いろいろ問題のある質問だな。周平には隠し子がいるんだろ？　何人？」

「それも、いろいろリスキーな質問じゃないですか」

「何人？」

肩に腕を回し、顔を覗き込む。

「聞いたこと、ないですよ。本当に」

「……シンか、ちぃか」

知っているのは、と思う。でも、これぱっかりはどちらも口を割らないだろう。

「若頭《カシラ》か京子さんじゃないですか」

「トップシークレットだな」

「いたとしても、縁を切ってると思いますよ」

本気で知りたがっていないことを察している石垣は、佐和紀の腕からスッと逃げる。

「カシラもそうです。知りませんか？　愛人が妊娠したらアニキが金を持っていって、あきらめるように交渉するんですよ。それでも産むと言えば、認知してまとまった金を渡して縁を切るんです」

「周平は色を仕掛けるんだろ」

「……ですね。なびく相手なら、妊娠自体が嘘のこともありますから。でも、カシラの愛人のほとんどは京子さんが選んでますし……」

「なんの斡旋《あっせん》だ、それ」

「一番、誰も傷つきませんけどね。カシラが縁を切っても、京子さんは母子のところへ顔を出してますよ」

「岡崎の遺伝子はごろごろしてんのか……。うちのは？」

カマをかけてみたが、石垣は苦笑して切り抜ける。

「佐和紀さんはどうなんですか。遺伝子を残したいんですか」

「おまえが産むか？」

「女だったならお願いしたいところです」

「……本気の顔で答えるな。俺は昔から自分の子なんて考えたこともない。でも、周平は違うだろ。どこかに一人ぐらいいれば、あいつが傷つかなくていいような気がして……」

「それ、優しすぎますよ」

「優しさじゃねぇよ」

タバコを灰皿で揉み消し、佐和紀は白ネギを摑んだ。包丁を取り出して小口切りにする。

「俺がやります」

「おまえは鍋を見てろ」

「まだ沸いてもないんですけど」

「いいから」

と言ったところで手元が狂った。

「あっ」

声をあげたときには人差し指に刃が当たる。

「切ったんですか」

「ちょっとだけ……」

「見せてください」

大丈夫だと答えるよりも早く手を摑まれる。慌てた様子で佐和紀の指を見つめた石垣は、ぷくりと溢れた血を確認してから水道水を出した。指先を洗う。

「傷は小さいですね。しばらく押さえていてください。ラーメンは俺が作りますから」

テキパキとキッチンペーパーを巻かれ、そばにあったスツールに座らされた。

「指、舐められるかと思った」

「バイキンが入ったら困るじゃないですか」

鍋の中にラーメンを入れた石垣はひっそりと笑う。

「痛みはありますか」

「ちょっとだけ」

止血でふさがる程度の傷だ。

「佐和紀さんは、なんでも『ちょっと』って言うからな……。こっちからしたら、とんでもないことも多いんですから、もう少し、素直になってくださいよ」

珍しく説教を食らい、佐和紀は視線をそらした。

「手元が狂ったんだ」

「……腰のケガのときも、そう言いましたよね」

支倉を守って飛び出したときのことだ。ベルトで受け流すつもりが、うっかり刃物傷を受けた。

「それ、言うな。かっこ悪いだろ」

「そういう問題じゃないですよ。まぁ、傷の治りが恐ろしく早かったのは認めますから」

「だろ。細胞が若いんだって、先生に言われたんだよな」

「だから、肌ツヤもいいんですね」

「あ？」

声を低くすると、石垣は片手を首の後ろにまわして振り返った。

「俺がいなくなったら、さびしいでしょ」

壁にかかった時計をちらりと見て、思い出したように言う。

「……ちょっと、な」

「悠護さんに、俺のこと、頼んでくれたんですか」

「元から頼まれてるだろ」

「そうじゃなくて。里帰りって……」

「実家じゃねぇけどな」

「嬉しいです」

「ちょっとだけ？」

わざとらしく切り返す。

「すごく、嬉しいです」

答えた石垣ははにかむように笑い、それを隠すように引き出しを探った。料理担当の構成員が片付けていたのを思い出したと言いながら、絆創膏《ばんそうこう》を取り出す。

佐和紀の指からキッチンペーパーをはずし、傷の具合を確認してから絆創膏を貼《は》る。

「佐和紀さん。俺と二人で、どこかへ行ってくれませんか」

接着を確かにしようと指先を握った石垣が、顔を伏せたままで言う。

「駆け落ち？」

「じゃなくて」

吹き出した石垣はその場を離れて、鍋の火を止める。

「いちいち、危ない言い方をしないでくださいよ。思い出……欲しいなって」

ラーメンを取り分ける背中が、どことなく緊張して見えるのは、佐和紀の勘違いじゃないだろう。

「なんだっけ、それ。死亡フラグ？」

「佐和紀さん」

振り向いた石垣に睨まれた。からかうところじゃないと思うのは石垣の都合だ。佐和紀には関係ない。

「シンが聞いたら、おまえ、いじめられるぞ」

「もういいですよ。どうせ、出ていく身ですから」

堂々と言われ、それもそうかと納得する。

「周平に直談判《じかだんぱん》してこいよ。その代わり、よからぬことしたら、ギプスつけて飛行機だからな」

「日帰りでお願いします。泊まりは理性に自信がないです」

「言うか」

「……出ていく身ですから」

「しつこい。……さびしくなるから、言葉にするな」

「ちょっとだけ、でしょ」

頭のいい石垣は、上手にやり過ごす。その器用さの裏が透けてみえて、佐和紀は深く息を吸い込んだ。

言わなくても理解できるのに、言わなければ信じない。

頭が良すぎる男たちも、困りものだ。

「おまえは帰ってくるんだよ。帰ってくるつもりで行けよ。それで、ちゃんと帰ってこい。俺のとこにな。……ラーメン、あっちで食べよう。持ってきて」

佐和紀が立ち上がると、石垣が手を伸ばしてきた。触れることもなく、握った拳がおろされる。

「……佐和紀さん。帰ってきたら、……あんたの盃、ください」

「そんな立ち場になってればな」

震えているような拳を眺め、佐和紀はくるりと背を向ける。

「ちょっと！　今の、冗談にしました？」

「え。本気……？」

おおげさに驚いて振り向く。

「佐和紀さん……」

泣き出しそうな石垣の声に重なって、

「たもっちゃ～ん」

細く尾を引く三井の声が聞こえる。石垣を探しているのだ。佐和紀はキッチンのドアを開け、

「いるよ」

声をかけた。近づいてきた三井は、中に入るよりも先に匂いに気づく。

「あ、ラーメンの匂い！」

「おまえの分はない」

石垣が答える。

「そんなこと言うなよ！　作って、作って！」

「嫌だよ、もう食べるんだから。麺《めん》が伸びるだろ」

「冷てぇ……。姐《あね》さん、分けて」

「え」

取りすがられた佐和紀は、思わず袖を引いて逃げる。

「おまえ！」

石垣が声を張りあげ、

「タモッ！　盆が傾く！」

佐和紀は慌てて叫んだ。このままでは、せっかくのラーメンが台無しになりかねない。

「三つに分けよう」

佐和紀は食器棚からどんぶりをもうひとつ取り出す。

その視界の端で、盆を作業台に置いた石垣が、三井の腰を蹴り飛ばしていた。

9

ドアを叩く音が聞こえる。

トントンと響き、しばらくしてから、またトントンと響く。

かわいい音だと思いながら、佐和紀はまぶたを開けた。ラーメンを食べた後、三人でビールを飲み、ほどよく酔っぱらったおかげで思い悩むこともなくぐっすり眠れた。

ダブルベッドの上で腕を突き上げて伸びを取っていると、隣の部屋から聞こえていたノックの音が連続になった。

トントントントントン。

これは何かあったなと思いながら、寝乱れた浴衣を直してドアを開ける。

思ったところに人がいない。ふと下を見ると、顔を真っ赤にした幸弘が立っていた。

「たたた、大変！」

「え？　何？　え？」

起き抜けで頭が動かない上に、大変ばかりを繰り返されて意味がわからない。

「中へ入れ。すぐに着替えるから」

浴衣とはいえ、寝間着だ。人前に出るには恥ずかしい。

「皐月兄さんが手紙を置いて、出ていっちゃった」

「マジか……。おまえ、平気か」

寝室のドアから顔を出すと、居間で立ち尽くす幸弘はうなずいた。

「僕はなんてことないよ」

強がりじゃないことを確認して、着替えに戻る。夏襦袢《なつじゅばん》の上に秋草柄の綿紅梅を羽織った。萩《はぎ》・撫子《なでしこ》・桔梗《ききょう》が、薄い藍色《あいいろ》で染め出された一枚は、周平が今年の誕生日にと仕立ててくれたものだ。

これを選んでしまうあたり、昨日の悠護の話を引きずっていると自覚した。袖を通して身を包むと、心に周平の面影が差して、じっとりと気力が湧いてくる。

腰に兵児帯《へこおび》を巻き、手先を帯に挟み込んで始末した。

「待たせたな。行くか」

雪駄《せった》を履いて出ると、ソファーから立ち上がった幸弘が目をきらりと光らせた。

「佐和紀さんは着物がよく似合うね」

「おまえも作ってもらえよ。楽だし、ハクがつく」

「ハクって何？」

「偉そうに見えるってことだ」

部屋を出る寸前、幸弘に腰をつつかれた。見下ろすと、

「佐和紀さん。環奈兄ちゃんは、頭が悪いんだ」

出し抜けに言われる。

「ユーゴが甘やかしたから」

「……なんだ、それ」

「だから、やっていいこととダメなことが、わからなくなっちゃうんだよ。兄ちゃん自身はわかってるんだけど、止め方がわからないみたい」

自分の想いをできる限り的確に表現しようとする幸弘は、顔をくしゃくしゃに歪めた。

「どうして欲しい」

その場にしゃがんで、視線を合わせてやる。

「誰かが怒ったほうがいい」

「お父さんとお母さんは？」

「なんか、違うんだよね……」

「じゃあ、周平は？」

名前を出しただけで、幸弘は目に見えて緊張した。

「おまえ、周平のこと嫌いなんだな」

「い、言わないでね」

「それについてはまた後で」

「あの人は、怖すぎるからダメなんだよ。なんかこう、優しくない」

「……俺も優しくないよ」

「でも、ケンカ強いって」

「誰が」

「三井さん」

「あの、バカ」

ドアを開けて廊下へ出る。後ろに続く幸弘が言った。

「周平、さんっ、がね！　環奈は殴られたことがないからダメだって、前に言っててね。だから」

殴ってでもわからせて欲しいと言うのだろう。出ていったのは皐月なのに、幸弘の要求は環奈に対することばかりだ。

「俺が殴ると、歯がなくなったり、鼻が折れたりするけどいいか」

軽い口調で言いながら階段をのぼりきると、幸弘は土気色の顔で佐和紀を見上げていた。

「あ、ごめんっ。ウソウソ。よく覚えておく。悪いことをしてたら、げんこつな」

「……鼻を折っちゃダメだよ。歯もダメだよ。顔が変わっちゃうから。ね？　ね？」

「大丈夫。大丈夫」

「本当に？　佐和紀さん、本当に？」

「……たぶん」

「たぶんはイヤ〜！」

しがみついてくる幸弘をなだめて、佐和紀はリビングへ入った。悠護と岡崎と京子の姿が見え、佐和紀はダイニングにいた構成員に幸弘を頼んだ。

「皐月が家出したって本当ですか」

声をかけると、三人が振り向く。

「手紙を残してる。環奈の入れ知恵だろ」

悠護が手紙をひらひらと振って立ち上がる。差し出された紙を開くと、几帳面《きちょうめん》な文字が整然と並んでいた。その内容は自殺をほのめかすものだ。

「本当だったら、どうするのよ！」

岡崎の腕を摑んだ京子が顔を覆う。苛立ちと落胆が入り混じる仕草には、いつもの落ち着きがなく、子どもを案じる母親そのものだ。

「環奈は？」

佐和紀が聞くと、

「探しに行ったんだと思うわ」

気落ちした声で京子が答えた。

佐和紀は悠護と岡崎を交互に見た。皐月のことよりも環奈のことばかり話していた幸弘を思い出す。

真実はまったく別のところにある。そう思う。

悠護が目元をしかめ、岡崎も無言でうなずいた。


「どういうこと？」

電話するからとロビーまで出た悠護を追った佐和紀は、会話が終わるのを待って声をかけた。

「今、居場所を探させてる。俺の別荘の管理人だよ。アタリはついてるから、すぐにわかる」

「事件に巻き込まれてんの？」

「自分たちで飛び込んでるんだ。どっちも俺と周平へのあてつけだろ。ったく、ガキが」

「悠護。あいつら、もう子どもじゃない」

「まだ、二十と二十一だ。大学生だし」

苛立つ悠護の肩を引き、佐和紀は真正面から見据えた。

「でも、子どもじゃない。おまえと周平がそうやってからかうから、子どもじゃないことを証明したくなるんだろ。おまえらの方が子どもだよ。……あいつら、何に首を突っ込んでるんだ」

佐和紀に責められ、悠護はパクパクとくちびるを動かした。弁解する言葉が浮かんでこないのだろう。

両手で自分の頬をビシャッと叩いて気合を入れ直す。

「出入りさせてもらってた、あのテニスサークル。あれが、問題のある『ヤリサー』じゃないかって、俺らも疑ってたんだよな」

「ヤリサー？」

「ぶっちゃけ、乱交目的のサークル」

無言になった佐和紀が嫌悪感を剥《む》き出しにすると、悠護はふるふると首を左右に振った。

「俺が作ったんじゃねぇよ。そういうゲスい部活動をしてるサークルを学生が作ってるって話で……。なんだよ。すごい罪悪感あるな」

「環奈は、皐月を守るだろうな？」

「そりゃ、自分の兄弟だ」

「じゃなくて」

二人は顔を見合わす。

「佐和紀。おまえ、誰から聞いた？　皐月か。環奈か」

「……あれ？　そっか。フツーにそうだと思ってた」

普通じゃなかったことに気づき、悠護を振り向く。そこへ京子がやってきて、佐和紀を呼んだ。

庭の散歩に付き合って欲しいと言われて応じる。出ていく前に、悠護に肩を引かれた。

「姉貴にはまだ言うなよ」

自分自身の中でも消化できてない事実だ。佐和紀は黙ってうなずいた。


木漏れ日が、京子のワンピースに差しかかる。レースの上にレースが重なり、足を踏み出すたびに揺れ動く。

「大丈夫ですか」

「私？　それとも、弘一？」

答える声はいつもの調子だった。

「岡崎のことなんて心配しません」

考えもしないことだった。でも、京子は考えるのだろう。

自分が傷つくことで、誰が動揺するかを知っている。

「そうよね。佐和ちゃんはそうね。私は平気よ。皐月が悩んでいたことに知っていたのよ。

でも、あの子は言わないから……。いつまでも子どもでいて欲しくて、何も聞かないでいたのがいけなかったのね」

ウェーブのかかった髪を右肩に流し、ストライプの髪飾りでまとめている。避暑地仕様の淡い口紅が、京子をいつもより若く見せた。

「口にしないことを聞き出そうとしても、そんなのは、意味がないと思います」

大人が強がるように、子どもだって強がる。それぞれに譲れない自尊心はあるからだ。

「不思議ね。あなたたち夫婦はまるで逆なのね」

ワンピースのドレープが揺れ、京子が庭先のハーブを指で摘む。

「周平さんなら、私の責任だって言うわよ。あの子が大人なら、自力で解決するって言うかしらね……。いなくて本当によかった」

細い眉が、きりっと跳ね上がった。

「なんだか……、すみません」

「あら、佐和ちゃんが謝ることじゃないわ」

手に移ったハーブの匂いを嗅《か》いでいた京子が笑う。その手で、佐和紀の腕を撫でた。

「佐和ちゃんは女柄がよく似合うわ。一緒に選びに行ったのよ。佐和紀が好きそうな、派手な柄ゆきを探して欲しいって言われて……。あれはあれで優しいのよ。私を女と思わないし」

「思ってますよ」

「思ってないわよ。食指の動かない女は『女性』じゃないの。一応の敬意は払うけど、突き放してる。でも、嫌いじゃないわよ、周平のこと。ただ、似すぎてるの。……ねぇ、佐和ちゃん」

庭の奥へと進みながら、京子が手を差し伸べてくる。年上の女の子が、小さな子の面倒をみるような、優しい仕草だ。

思わず手を返すと、冷たい指に柔らかく握られる。

「佐和ちゃん、この次に周平を守れるのはあなただけよ」

「何の話ですか」

引き戻しかけた手を、京子は強く握った。

「悠護から聞いたでしょう。あの子たちの父親のこと。……私が男を許せたのは、あなたを愛していた弘一がいたからだし、こうして立っていられるのは、周平がいたからだわ。あれがいなければ、私は弘一を傷つけただろうし、幸弘を産んだりもしなかった」

京子の目が、過去を懐かしんで細くなる。

「皐月と環奈を本当にかわいいと思ったのは、幸弘を生んだときよ。ずっと愛してたって、気づいたの。認めたくなくて、そんなことあるわけないって、思い込もうとしてたわ。産んだときのことは、気がおかしくなってたから覚えてないしね。でも、あの子たちはかつ

いいわ」

「皐月と環奈もわかってると思います」

少しでも力づけたくて、佐和紀はもう片方の手を重ねた。女の冷たい指は不思議と心地良くて、二人はそれぞれの手を繋《つな》いだ。

京子が微笑《ほほえ》み、佐和紀もぎこちなく笑う。

雲を運ぶ風が庭の中へも吹き込み、野ばらの茂みが揺れる。青い匂いがして、佐和紀は気をそらした。

「……私の事件の糸を引いたのは由紀子よ」

京子の言葉が一瞬、理解できなかった。

それが誰かも、すぐにはわからない。

ざわめく草木の中で、京子が視線をあげる。その瞳を見たとき、自分と周平を似てると言った京子の言葉が腑《ふ》に落ちた。

「習い事を通じての友人だったの。周平は知っているけど、悠護は知らないわ」

くちびるを引き結んだ京子の手がほどけ、佐和紀は指に風を感じた。じんわりと滲んだ汗が冷えていく。

「あの女がね、関西に退屈しているって噂《うわさ》があるの。だから、一緒に戦って欲しいのよ」

「俺は、いつでもお役に立ちます」

京子が、一歩踏み込んでくる。指先が、佐和紀の頬を包む。

「違うわ、佐和紀」

「誰かに使われて、満足しないで。あんたが、自分の器じゃないということはわかってる。松浦組長に、そう思うように育てられたんだもの。それを悪いことだとは言わない。でも、あんたはもう、大滝組若頭補佐の嫁よ。うちの一員でもあるわ。だから、私を信じて」

まっすぐに見つめてくる京子の瞳の中に、佐和紀は、周平の面影を見た。同じ女に心を殺され、同じ女を憎み、復讐よりも生きていくことを優先させた二人だ。

さしずめ周平は、三途《さんず》の川で引き上げられて命拾いしたようなものだろう。それが良かったか、悪かったか。答えは、佐和紀の中にある。不思議な巡り合わせだった。

京子に従い、岡崎と悠護に出会っていなければ、周平はずっと底辺にいたのだ。佐和紀は別の誰かのものになり、たとえ出会えたとしても、こんなふうに幸せだったかはわからない。

ひとつひとつが偶然だ。でも、そうなるように必然を積み上げたのは京子と岡崎だ。二人は幸福をあきらめない。

「……京子姉さん。周平は、どうして、刺青を完成させたんでしょうか。俺にとっては、刺青は『覚悟』だけど、でも」

周平にとってその意味を考えたことがなかった。

望まない刺青を背負い、元の世界に戻れなくなったことを悲痛だとは思ったが、それだけだ。周平の過去を理解することが、佐和紀には難しい。

生まれも育ちも違い、根本的な考え方が違う。

刺青ひとつにしても、そうだ。佐和紀には憧れで、周平には重荷で、正反対の考え方をしている。

「仕上げようと思えば、いつだってできたのに」

「……元がロマンチストなのよ」

京子が、細い肩をすくめた。

「他の誰でもない。佐和紀が好きな刺青を、佐和紀のためだけに完成させたいのよ。ケジメとか覚悟とか、そんなたいそうなものでもないと思うわ。よくあるじゃない。好きになった相手の名前を自分で彫ったりするの。あれと同じ」

「……でも」

「あんたの旦那は、それほど弱くないわよ。いまさら、あの女を思い出したりしない」

「……」

京子はそう言うが、佐和紀には信じられない。

頭で考えても埒《らち》が明かない。でも、身体は知っている気がした。感覚でしかわからないけれど、周平はもう一度傷つくはずだ。

そして、傷ついたことを口にしたりはしない。言わないことは、存在しないと同然だからだ。

由紀子を憎んだ裏で、同じぐらいに愛していたのか。問えば周平は考えるだろう。頭のいい男は答えを言葉にできる。そして嘘もつく。

「あの夏のことをね、周平は爽快《そうかい》だったたって言ったわよ」

京子が眩しそうに目を細め、庭を見渡した。

「ユウキもこの庭を見たのね……。佐和ちゃんが来て、周平はずいぶんまともな人間になったわ。先を考えるようになった。……周平は、刺青を完全にして、あんたと同じ世界に両足をどっぷりつけたかったんだと思うわ」

「ヤクザに？」

「古い、仁俠《にんきょう》ヤクザにね」

小首を傾げた京子は、おかしそうに笑った。

「生きていくのって難しいわね。好きな人と一緒にいても、ずっと同じ気持ちではいられないし、ひとつの目標を追いかけても、同じ情熱ではいられないし。……じっとしていない方がいいのよ。気持ちが揺れても、それが辛くても、前を向いたり、後ろを振り返ったり、そうやってるうちに、明るい場所に続く道を選べるようになると思うのよ」

「はい」

素直にうなずいて、京子の横顔を見る。

泣いていた母親の横顔が重なり、佐和紀はふとうつむいた。

恋人と別れるとき、母親は死んだ方がマシだと思っただろう。自分が女でなければと繰り返しながら、佐和紀を産むことを選び、あのアパートで暮らした。

世の中に存在する、覆しがたい『階層』の話をしていた横顔は、今の京子のように晴れやかだった気がする。

違う階層で生まれ育った者同士は、互いの存在を知らず、理解もできないという話だ。子どもに話すには小難しい話だが、よく覚えている。何度も聞かされたからだろうと思い、佐和紀はくちびるを引き結んだ。

上の階層で暮らす人間が下の階層を憐《あわ》れんでも、互いの幸福観が違うから、差し出される手もまた迷惑でしかない。引き上げることはできないが、下におりて押し上げることはできるのだと教えられた。

人間を救うことができるのは、その相手よりもなお傷つき絶望した人間だけだ、と。

子どもだった佐和紀は、その人間をかわいそうに思った。踏みつけられながら人を押し上げて救い、そして、残されるなんて酷い話だ。人に優しくしない方が得だと言うと、それも生き方だと笑い返された。

実際、佐和紀はそうやって生きてきた。だけど結局は、誰かを見捨てても誰かに救われ、今度は助けた相手から見捨てられたりした。

そのたびに、母の話を思い出してきたのだ。

「あいつは、自分の刺青が好きじゃないんですよね」

「自分自身のことが嫌いだったのよ」

「……俺は」

喉《のど》に息が詰まる。咳《せ》き込んで、胸元を押さえた。

「完成することが、いいことだと思ってました」

もう一度、肌に針を受ける周平の気持ちなんて、考えなかった。立派な刺青がより立派になり、あの女の思惑が覆されて、周平はすべてを乗り越える。その途中のことなんて、思いもしなかった。

「それでいいのよ」

京子がぼそりと答える。厳しい声が佐和紀の胸に突き刺さり、涙がこぼれた。

「周平はただ、佐和ちゃんに喜んで欲しいのよ。褒めて欲しいの。……泣かないで」

顔を覗き込んできた京子が頬を指で拭ってくれる。そして、柔らかな息をつく。

「違うわね……。泣いてあげて。あの男は、泣けないから」

「……京子さん、周平はあの女を本当に好きだったんですよね」

「過去ね」

きっぱりと言われ、

「俺も、過去に、なるんですか」

真面目に聞いた質問が笑い飛ばされる。

「バカね。この先、周平を傷つけて許されるのは佐和ちゃんだけなのよ。佐和紀が極道でも、周平がカタギでも、同じ道は歩ける。……だいたい、裏マフィアになるようなものらしいじゃない。あっちの方が真っ黒よ」

京子を慰めるつもりでいたのに、すっかり泣かされて、佐和紀はすんすんと鼻をすすった。

「私のところへおいでなさい。男と女。両方のケンカの仕方を、きっちり仕込んであげるから」

晴れやかに笑いかけられ、佐和紀は手のひらで頬を拭う。

「京子姉さん。皐月のこと、ちゃんと心配してくださいよ」

泣き笑いを向けると、今思い出したように視線がそれた。

「してるわ。連れ戻してきて。ちゃんと大人として扱うから。よろしくね」

「いいですよ。……あ、そうだ。環奈のこと、一発殴っていいですか。悪いことしてるらしいから、先に承諾をもらっておこうと思って」

「……任せるわ」

皐月よりもそっちが問題だと言いたげに、京子は腕を組む。幸弘と同じことを考えているらしい。

「顔はやめてね。口元が、少し似てるのよ」

うつむいてふっと笑う京子は、憂いを帯びた目で足元を見た。

誰に似ているのかは、問わない。

終わった恋は名残を残すほどに美しい記憶になる。だから、周平の胸に残っていた傷跡は、ただの古傷でしかない。

治せなくても、消えなくてもいい。それを抱える周平ごと、今は佐和紀のものだ。

その幸福を必然だと思う。

周平には満たされる権利がある。その代償を払う義務はもう済んでいるのだ。

別荘の方から、佐和紀を呼ぶ三井の声がした。

京子に頭をさげ、佐和紀は身を翻す。

周平の新しい刺青を見たら、やっぱり無邪気に褒めてしまうだろう。周平が傷ついても、きっと気づかない。それでも。

佐和紀が惚れた男は、初めから刺青を背負っていたのだ。まっさらな身体なんて想像もできない。

傷つき、苦しみ抜いた心が好きだ。色欲の淀《よど》みに引き込もうとまとわりついてくる逞《たくま》しさも拒めない。

全部ひっくるめて、周平だけが、佐和紀の『男』だった。


三井とリビングへ戻ると、ソファーに座る岡崎の前に、悠護と石垣が並んでいた。

「俺も行く。京子さんにも頼まれたんだ。いいだろ？」

佐和紀から確認を取られた岡崎は、不本意そうに眉をひそめた。腕を組み、高い天井を見上げて息をつく。

「石垣、周平に連絡をつけろ」

「……え。いいのに。黙っててよ。連絡ついてからじゃ遅いだろ」

「そうはいくか」

「そうですよ」

岡崎と石垣に言われて、佐和紀は顔を歪めた。雪駄でせわしなく床を鳴らすと、岡崎がぐったりと前のめりになった。

「行け行け。周平にはこっちで説明しておく。三井は一緒に行ってこい」

「はい」

うなずいた三井が振り向いた。

「姐さん、着替える？」

「おっ。暴れられそう？」

弾んだ声で返すと、佐和紀を見つめる男たちが不安げな顔になる。

「嬉しそうな顔しなくていいから。なんか、こわいなぁ」

ぼやいた三井が髪を結び直す。

「車を回してきます」

「じゃあ、俺は着替えの手伝いに」

と、悠護が軽い口調で動き、

「そんな必要、どこにあるんですか！」

携帯電話を耳にあてた石垣に、がっしりと腕を掴まれた。

「あんたは、カーナビのセットしてくださいよ」

三井からも、ぎりっと睨まれる。

「はいはい」

浮ついた返事を背に、佐和紀はリビングを出る。

ロビーを抜けて、部屋へ戻り、ジョギング用のジャージに着替えた。カーキ色で、袖の部分に赤と緑のラインが入っている。イタリア軍仕様だ。

腕に心拍数計測の時計を巻き、靴も履き替えてロビーへ上がる。悠護が待っていた。

「周平に連絡ついたって？」

「文倉の電話には繋がった」

話をしながら外へ出る。三井が準備したのは、岡崎のドイツ車だ。若頭仕様のセダンで、ガラスも車体も防弾になっている。学生サークルの根城に乗り込むにはおおげさな装備だが、大は小を兼ねるというところだ。

カーナビが示したのは、山の中の貸し別荘だった。古ぼけたテニスコートが徒歩圏内にあり、想像したよりも大きな建物だが、古い分、学生でも借りやすい価格なのだろう。

あたりはひっそりとして、山から流れる雲が太陽を覆い、湿気を含んだ空気が雨を予感させる。

悠護は連絡係として車を隠せる場所で待機し、携帯電話の音を消した三井と佐和紀は、別荘へ忍び込むことになった。学生たちの悪さは乱交だけじゃないと、道々、説明される。バックについているのは、ヤクザか半グレか。薬物も絡んでいるという。

「天気悪いなぁ。雰囲気出るけどさ……」

空を見上げた三井が軽口を叩く。裏口を探していた佐和紀は、勝手口を見つけて三井の袖を引いた。薄い長袖のTシャツは防寒じゃなくケガを防ぐためだ。

お互いに、ケンカには慣れている。三井は忍び込むのにも躊躇がなかった。

「おまえ、窃盗してたな」

「何の話よー。俺は暴走族《ゾク》だぞ、バリバリ、どるぅんどるぅん、だよ」

相変わらず緊張感のない返しをしながら、鍵のかかっていないドアを開き、身を低くして中へ入る。佐和紀も後へ続いた。

「静かだな」

そこは広い台所だ。家は静まり返り、話し声もしなければ物音もない。外には車が一台停まっていたが、他の車で出かけている可能性もあった。

「遅くまで遊んで、寝てんじゃねぇの？」

答える三井の袖を引き、

「おまえ、ヤリサーって知ってんの？」

佐和紀が聞くと、眉をひそめた。

「知らないあんたの、世間知らずにびっくりだ」

とりあえずリビングを探すと言った三井は、一階の廊下を進んだ。

「保養所だったのかもな」

トイレも入り口の奥に複数ある造りで、その向かい側は広間らしく、襖《ふすま》が並んでいた。

「あぁ、酷いな……」

細く開けた隙間から先に中を覗いた三井が顔をしかめる。部屋の向こう側の障子が光を通していて、廊下よりも明るかった。

「キレんなよ」

と言われながら、同じように片目で覗いた佐和紀は絶句した。

「ほらほら、真顔になってんぞ」

「死んでないだろうな」

そう言わずにはいられない光景だ。乱雑に広げられた布団が、部屋の中央に集められ、五、六人の女の子が至るところに倒れている。その誰もが全裸で、髪はぼさぼさに乱れていた。

一目で性行為の後だとわかる。うつ伏せや、横向きに寝ている子はまだいいが、膝を開いたままの子もいた。

そして、酒の臭いが鼻を突く。

「見てくる」

男たちの姿がないのを確認して、三井が中へ入る。

「あぁ……」

うんざりしながら「俺も」と言いかけた佐和紀は、廊下の向こうに人の気配を感じた。

とっさに身構えて振り向く。探していた相手がいた。

「皐月！」

「佐和紀、さん？」

今まで寝ていたのか、あくびをしながら目をこすっている。開襟シャツはシワになっていたが、服装に乱れはない。

「大丈夫なのか。何もされてないだろうな。……環奈は」

「部屋にはいなかったけど」

皐月も酒を飲んだのだろう。二日酔いしているらしいぼんやりとした目を広間の中へ向け、小さく叫んで飛び上がった。

「何、あれ。死んでるの？」

佐和紀の肩へ飛びついてくる。

「手前の一人は生きてる。けど、全員確かめないと……」

戻ってきた三井が顔をしかめた。

そのとき、二階に続く階段の上から、がやがやと男たちの声が聞こえ、

「佐和紀さん、逃げよう！」

皐月が廊下の先にある扉へと佐和紀を引っ張った。三井は、広間から向こうへ逃げるつもりだ。その方が悠護の車に近いのだろう。

「タカシ、悠護へ知らせろ！」

一緒に行動した方がいいのはわかっていたが、中の惨状を皐月には見せたくなかった。

引っ張られるままに走り、

「誰だよ！　誰かいるのかよ！」

男たちの声を聞きながら別荘の外へ飛び出る。

「皐月、向こうに、悠護が……」

三井が逃げた方へ合流しようとしたが、パニックになっているらしい皐月は雑木林の中へ走っていく。しかたなく、佐和紀はその後を追った。

皐月は止まらなかった。声をあげれば、追手にも場所を知らせることになる。うかつなことはできなくて、皐月が木の根に足を取られるまで追いかけた。

「足、速いな」

息を切らしながら、佐和紀は靴を脱いだ。

裸足《はだし》で逃げてきた皐月の足の裏を乱暴に払い、靴へと無理やりねじ込む。

「この、先に……っ。小屋がッ……」

皐月も胸を押さえて息を繰り返す。

二人の頬に、冷たい雫《しずく》がぶつかる。声をあげる間もなかった。

降り始めた雨は木々の覆いを突き抜け、あたりを一気に濡らしていく。佐和紀は皐月の手を握った。

10

雑木林の斜面をあがった先の小屋は扉の鍵が壊れていた。

目の前には車を停めるスペースもあり、無舗装の道も林の中へ伸びている。このあたりを整備する組合が使うらしく、狭い小屋の中には、縄などが無造作に置かれていた。

最悪の事態を想定して、武器になるものがないか確認していた佐和紀は、小屋の真ん中あたりで雨漏りを避《よ》けて小さくなっている皐月の肩にジャージの上着をかけた。

「濡れたな」

胸の前で腕を交差させていた皐月が顔をあげた。

「佐和紀さんは寒くないですか」

「俺は平気だよ。それは念のために着てただけだから。役に立ってよかった。この小屋、なんで知ってたんだ」

「……環奈が、何かあったときは、あの道をまっすぐ走れって。木に目印を」

何かがある可能性を、環奈は知っていたのだ。それは佐和紀たちが踏み込むことばかりじゃないだろう。

「おまえな、知らないで行ったんだろうけど。あんな手紙まで書いて、何を考えてんだ」

「……あれは、環奈が」

「弟のせいか？」

佐和紀がしゃがむと、皐月は揃えた膝に顔を伏せた。

「環奈は一緒じゃないのか」

顔と膝の間に手を差し込み、佐和紀は無理やりに顔をあげさせた。皐月のくちびるを親指で拭う。暗い小屋の中で、かすかに赤い色が判別できた。皐月には似合わない、派手な色だ。

「どういう集まりか、見てればわかるだろう。酒飲んで乱交するようなところに一晩中いて、何かあったらどうするんだ」

「知らなっ……」

目を見開いた皐月が顔を左右に振った。

「お酒を飲んで……気づいたら、ベッドで寝てて……」

「身体はどこも痛くないのか？　ケツは？」

「え……」

雨と一緒に差し込む光だけでは、相手の表情が見えない。声でだけ戸惑いを察して、佐和紀ははぁっと一気に息を吐いた。

「身体が男だから平気ってわけじゃねぇだろ。周平のために大事にしてきたんなら、若い女が、いまさら、こんなところでわけのわからねぇ男に……」

「佐和紀さん」

「何！」

皐月のうかつさにイラついた佐和紀は、鋭く答えた後で驚かせたと気づく。

「ごめん」

襟足を掻き乱しながら頭をさげると、

「……わたしのこと、誰から」

皐月が震える声で言った。闇の中で聞くと、細い声は女のようだ。

「わからない。みんな、知ってると思ってた」

「そんなに、わかりやすい、ですか？」

「いや、違うと思うけど」

女とか男とか、そういう区分で見たわけじゃない。ただ、会ったときから、皐月を『そっち』へ割り振っていただけだ。ごく普通に女だと思っていた。

「どうして、怒るんですか……」

「どうして、って」

答えた声がもう低い。佐和紀は咳払《せきばら》いをして、気持ちを落ち着けた。

「おまえみたいな『女の子』が自分を安く売るのは、見てて腹が立つんだよ。自分を大事にしろよ。おまえの周りの人間が、どれだけ大切にしてきたと思ってんだ」

女じゃないことはわかっている。皐月の身体はどこから見ても男だ。喉仏もあるし、胸はない。なよなよしてもいない。でも、ささやかな仕草に漂う柔らかさは隠せない。

佐和紀が演じられる女に粗雑さが滲むように、皐月の演じる男にも繊細さが混じるのだ。

「……たぶん、周平だ」

佐和紀は、皐月の前に座った。

「言わないけど、あいつはおまえを『女』として見てる。まぁ、あれだな。俺が現れなきゃ、ワンチャンスあったかもな」

手を出さなかったのは、京子の息子だという理由だけじゃないだろう。周平は周平なりに、皐月の純情さを憎からず思っていたはずだ。

「言葉にしなくても、わかるんですね」

「そうらしい。見たんだろ……俺と周平の……。悪かったな」

「覗いたのは、わたしです」

「呼びつけたんだろ、あいつが。……変態なんだよ」

「でも、うらやましい……です」

答える皐月の声に、淡い恋情が見え隠れする。

周平は罪な男だ。あきらめさせようとしながら、人には真似のできない優しさを残す。

「俺もあいつがモテるのは嬉しい」

「……勝てないな。悠護にも、絶対に無理だって言われたんです。わたしの身体が女でも無理だって」

それはどうかわからない。皐月が京子の息子という立場で、ただひっそりと寄り添っていたら、そこへ佐和紀が現れなければ、周平が情けをかける日も来ただろう。周平を知っているからこそ、そう思う。

代償に深く傷つけられたとしても、皐月は満足したはずだ。

「佐和紀さん、本当はわたしのこと、鬱陶しく思ってたでしょ？」

「思ってない。そっちこそ思ってただろ」

「……幸弘を見ていれば、いい人だってわかります」

だから、と皐月はくちごもる。佐和紀は、うつむく皐月の頭に手を置く。

「なぁ、皐月。おまえの周りの大人はさ、おまえのことちゃんと見てるよ。おまえが思う以上に、おまえをそのまんま受け止めてる。……母親も」

「それでも、口に出せば傷つける。身体は男なのに、心が女なんて……。疎ましく思われたくないんです。嫌われたくない」

「あの人も、そう思ってるよ」

少しでもいい母親でいたいと願っている京子の顔が脳裏に浮かぶ。愛し合うと、それだけで簡単なことも難しくなってしまう。不思議な話だ。

いつのまにか、雨脚が遠のき、差し込んだ日差しで互いの顔がはっきりと見えた。

笑おうとした皐月の視線が、佐和紀を通り過ぎる。

がたっと扉を揺らす音がして、複数の男の声が近づいてきた。青ざめる皐月を背中に隠し、佐和紀は低く身構える。

屋根から落ちてきた水滴が、濡れた髪に当たって弾《はじ》けた。


「あー、皐月ちゃん、いたじゃ～ん」

「見っつけたぁ」

軽い口調ががやがやと入り口に集まり、

「環奈！　見つけたぞ」

若い男たちの間から、環奈が押し出された。

「やめろよっ」

強く突き飛ばされた環奈が二人の前に膝をつく。

「環奈」

助け起こそうと腕を伸ばした佐和紀は、とっさに相手を払いのける。でも遅かった。視界の端に見えたスタンガンが脇腹に押し当たり、

「いっ……ッ」

声をあげて、その場へ倒れ込む。

服が濡れている上に、薄手のTシャツだけだったのが不幸だ。今まで食らったスタンガンの、どの一撃よりも強力だった。

「佐和紀さんっ」

身動きの取れなくなった佐和紀に取りすがろうとした皐月が腕を引かれた。

「環奈！　なんてことするの！」

「黙ってろ」

男たちの方に突き飛ばされる。

「皐月ちゃん。暴れちゃダメだってー」

「やっぱ、力は男だなぁ。環奈、軽く縛っていい？」

「ひどくするなよ」

環奈は、仲間に手伝わせ、佐和紀の身体にロープを巻いた。

「環奈……。おぼえてろよ」

うつむいて奥歯を噛む。佐和紀の眼鏡は、片方の弦《つる》が耳からはずれたままになる。

「殴って逃げないの？　ヤクザが学生をボコったら、大変だよね？　訴えられるかもね」

「やめなさい！」

皐月が叫び、身をよじった。

「うるさいんだよっ」

平手打ちの音が響き、驚いて振り向いた環奈も別の男に蹴り飛ばされた。

「何やってんの、おまえ」

裏切られる瞬間を見せられた佐和紀は、げんなりと目を閉じる。抗《あらが》おうとした環奈がさらになぐられ、

「もう着くって。ナイスタイミングだね」

男たちの中でもひときわ爽やかに見える学生が携帯電話を振った。

「俺たちがどうして、おまえみたいな得体の知れないのを仲間に入れたと思う？」

スタンガンで脅されて縛られた環奈の肩に足を乗せ、学生はニヤニヤと笑う。

「参加費をちゃんと払ってもらうためだよ。おまえがさぁ、そこの男とエロいことしてるビデオ。それなりの値段で買いたいって人がいてさ。ちゃんとしたスタジオを用意するって言うから」

「騙したな……」

悔しさを滲ませる環奈の声に、佐和紀はいっそうぐったりとうつむいた。

「おまえも騙しただろ」

この小屋を皐月に教えておいたのも、佐和紀を追い込むためだったのだろう。その後、どうするつもりでいたのかは知らないが、聞いてもブチ切れたくなるだけだ。

「環奈にもちゃんと金をやるよ。どうせ、すぐに海外に帰るんだろ？　あっちに住んでるなんて、マユツバだけど」

「俺たちは、斡旋料もらうだけだしね」

別の男が答える。乱暴なことをしているわりに、言葉は柔らかい。

身ぎれいだから、ゴロツキでもないのだろう。高学歴で、身内に権力者がいる。おそらく、ヤクザ以外の何かだ。警察か、政治家か、資産家か。

とにかく、女の子たちをあんなふうに扱っても、金と権力で揉み消すことができると男たちは知っている。

一人一人を見ながら、佐和紀は冷静に考えた。

「皐月を離せ」

唸《うな》るように言うと、強がりを憐れむように見下《みくだ》される。

「皐月ちゃんは俺たちと楽しむから」

「処女なんでしょ？　こんなに人数いたら、壊れちゃうかもね。まー、女じゃないし、知ったことじゃないけど」

「でも、いいじゃんね。どこの誰か、知らないし」

「環奈……。知らなかったで済むと思うなよ」

佐和紀はまた唸るように口にした。

悠護に甘やかされていると言った幸弘の言葉が頭をよぎり、こうなる前にボコボコにしておくべきだったと悔しくなる。

小屋の外で砂利を踏む車の音が聞こえ、佐和紀は耳を澄ました。

「あ、来た来た」

「こっちです」

男たちが招き入れたのは、絵に描いたようなヤクザ三人だ。

一人は三十代。残りが舎弟で二十代だろう。三井よりもバカそうな顔だ。大滝組の直系本家なら、まず面接で落とされる。

「本当に上玉だろうな。ショボいの、掴ませんなよ」

偉そうなヤクザに言われ、学生が佐和紀の髪を掴んだ。眼鏡が乱暴にはずされ、適当に投げ捨てられる。

「へぇ……。すげぇじゃん」

ヒョウ柄のシャツが目に入ってくる。視線を合わせずにいると、

「味見してぇな」

と、男が言った。当然の権利だと言いたげな口調に、舎弟がゴマをすり始める。

「アニキ、好きっすね。俺ら、外に出てましょうか」

「すぐ済ませる」

「これから撮影あるんですから、壊さないでくださいよ」

下卑た笑いが続き、

「ローション、くれよ」

男が舎弟に要求する。それがいつもの段取りなのだろう。

環奈と皐月も連れていかれ、扉が閉まる。

「……あんた。ヤクザ？」

佐和紀はようやく男をまっすぐに見た。

皐月のことが心配だったが、どうすることもできない。漏れ聞こえる声に襲われているような雰囲気はなかった。その気なら、皐月も小屋の中に残されていたはずだ。

「そうだ。おとなしくしてれば、命までは取らねぇよ」

ローションをこれ見よがしに振る男が答えた。直近の問題は、佐和紀自身の貞操だろう。

「……有名な組？」

「群馬じゃ、一番デカい。俺のナニもでけぇけどな」

卑猥に笑った男に顔をまじまじと見られ、佐和紀はどぎまぎしている振りで視線をそらした。

その間も頭の中はフル回転だ。

腕に巻いている心拍計のＧＰＳがちゃんと動いていれば、現在位置は特定できる。だから、駆けつけてくれるまで、どうやって時間を引き延ばすかだった。カタギにも手を出せないが、本職も判断に困る。半殺しにするのは簡単でも、大滝組との関係がはっきりしないと面倒なことになりかねない。

北関東の勢力地図も岡村から説明を受けたはずだ。それを一生懸命思い出そうとしたが、こんな状況ではまるで浮かんでこない。

それよりも、どうやってロープをはずしてもらうかを考えてしまう。あとが面倒だろうが、やっぱり殴るのが一番早い。それが佐和紀の結論だ。

男に顔を覗かれ、佐和紀はわざとらしく秋波を送る。

「いいよ……。男は初めてじゃない」

「その顔だもんな。じゃあ、たっぷりご奉仕してくれ」

男はいそいそとズボンのベルトをはずした。待ちきれないようにファスナーを先におろす。

「ねぇ、なんて名前の組？　あんた偉いの？」

「なんだ。金に困ってんのか？」

「……別れたばっかりで、相手を探してるんだ。気に入ったら、そばにおいてくれる？」

「ははぁん。その相手もヤクザだったのか。いいぞ。相性がよければ、俺のオンナにしてやる」

裸眼の佐和紀が向ける甘い視線に、男はもうすっかり夢中だ。鼻息荒く立ち上がり、スラックスを下着ごとずらす。

見る気にもならないものは、眼鏡がなくてもなんとなくわかってしまう。

組の名前を言えよと、内心で罵りながら、佐和紀は自分のくちびるを舐めた。

「ローションがあるなら、このままぶち込んでよ」

さっさと寝技に持ち込んで、甘いささやきでロープをはずさせようと決めた。

男が組の名前を言わないのは下っ端じゃないからだろう。チンピラなら、デカい看板ほど口にしたがる。

「おまえの顔で言われると、やらしいな」

男の声に、内心で「はいはいはい」と適当に答え、佐和紀は自分からその場に転がった。

「なんだ」

佐和紀のジャージを剝ごうとしていた男が顔をあげる。

二人して顔を見合わせたのは、小屋がビリビリと震えたからだ。すぐにそれが車のエンジン音のせいだとわかる。

爆音が轟《とどろ》き、派手なブレーキ音が響いた。砂利を弾く音も重なり、走り込んできた車が急ブレーキをかけたのだと予測できる。

「何の騒ぎだ」

男が気色ばむ。佐和紀は目を細めた。

「……暴走族でも飼ってんの？」

「俺とは関係ない」

そう言った男は、ジャージから手を離した。即物的に突っ込むよりも、佐和紀をまさぐりたいらしく、首筋に顔を寄せてくる。Ｔシャツの上からあちこちを触られ、げんなりしたが、しかたなかった。

「……ね。乳首、感じるから……ロープ、ほどいて」

媚《こ》びるのとは違う甘い息遣いでねだる。

こういうときに臆面《おくめん》もなく言えるのは、とことん恥ずかしいことを要求する旦那がいるからだ。たいていのことはたわいもなく口にできると、今知った。

「相当のスキモノだな」

男の手が結び目にかかる。

「早く……」

とささやいたが、また邪魔が入った。扉を叩く音と男を呼ぶ舎弟の声がして、またしてもロープはほどかれなかった。

男が立ち上がり、いいところを邪魔された怒りを爆発させながら出ていく。置き去りになった佐和紀は、うつ伏せからうずくまり、上半身を起こした。足は拘束されていないから、移動はできる。

身体が疼くようなエンジンの音は、途切れずに続いている。

「迎えか……。悠護のアウディじゃねぇな」

舌打ちしながら立ち、半分開いたドアから顔を出す。

わらわらと集まる学生たちの前に出たヤクザたちが、ドスの効いた声を張りあげていた。人垣の合間から見えるのは、雨上がりの雑木林にはまるで似合わない鮮やかな赤のスーパーカーだ。もっとよく見たくて、佐和紀はうかうかと外へ出る。

地面に貼りついているかのような低車高に、車幅ぎりぎりのタイヤと黒光りするホイール。ざっくりとしたデザインの中に緻密なバランスがあり、顔つきも凜々しい。

泥で汚れたガルウィングのドアが跳ね上がった。

磨き上げた革靴が、躊躇なく泥を踏んだ。一度引き上がり、すとんと下りるのは、一目で最高級とわかるピンストライプの生地だ。

「佐和紀！」

エンジン音を従えて周平の声が響く。

「おっせぇ！」

佐和紀も腹の底から叫び返す。

いや、じゅうぶんに早い。でも、もっと早く、まさぐられる前に来て欲しかった。

佐和紀に気づいた学生の一人がロープを摑もうとしたが、一睨みで蹴散らす。そのまま歩いていこうとする佐和紀を、さっきのヤクザが引き留める。

ロープが摑まれ、腰を抱き寄せられた。

「おまえら、びびってんな！　向こうは二人だぞ」

「あっ。は、はいっ」

学生たちが答えたが、士気はあがらない。いきがっていても、殴り合いのケンカはしたことがないタイプだ。

運転席にいるのは岡村だろう。眼鏡がないから表情は見えないが、きっと怒っている。

赤い車の屋根に手を乗せた周平は、薄笑いを浮かべた。不思議と、その表情は見えなくても想像できて、痺れるほどに伊達《だて》男だ。

「その男から、手を離せ」

ボタンをはずしたままのジャケットから、ベストの裾が見える。腰高で、嫌味なほどすらりとして見えた。

「優男が無理すると、ケガをするぞ」

佐和紀を抱き寄せた男が笑う。

「おまえは俺のものだ。返さねぇぞ」

耳元でささやかれ、佐和紀は無表情になった。

周平だけを見つめる。

それに気づいた周平がふっと笑う。

助手席の岡村が揺れるように動き、腕だけを伸ばした周平は、棒状のものを受け取った。

引き抜くように取り出したのは、ライフル銃だ。

「誰から、穴を開けてやろうか」

「そんな脅しに……」

佐和紀の隣に立つ男は強がったが、周平がライフルを構えた瞬間、佐和紀を盾にした。

「お見事」

思わず口にしてしまう。それでも男の反応は順当だ。佐和紀は息を吸い込み、

「動くな！」

と叫んだ。エンジン音が止まった広場に、張りあげた声がビリビリと響く。委縮した学生たちがさらに震え上がった。

「弾は入ってんだよ。当たれば死ぬ！」

「おまえ……」

佐和紀の腰に摑まった男がつぶやく。腕の震えが伝わって気色が悪い。もう一秒だってそばにいられず、佐和紀は身をよじって逃げた。

男が腕を伸ばしてきた瞬間、

「上州会《じょうしゅうかい》！　吉岡《よしおか》組の柴崎《しばざき》！」

周平の声に、男がびくっと身をすくめる。

「おまえの兄貴分だな？　柴崎にはずいぶんと世話になってる。おまえも俺の名前ぐらいは聞いたことあるだろう。……大滝組の岩下だ」

「え？　え？　え？　ええっっ？」

腰が引けた状態のまま、男がすっとんきょうな声をあげた。佐和紀と周平を交互に見比べ、あわあわと意味もなくくちびるを動かす。

「お、おまっら、うご、動くな。動くなよぉ……！」

なりふりかまっていられないのだろう。崩れ落ちそうな身体をなんとか持ちこたえ、太ももに両手をついて佐和紀を見た。

「まさか……」

「なんだよ。名前、通るじゃん」

あごをそらして、見下ろす。

「……大滝組の、御新造《ごしんぞう》」

啞然《あぜん》とした顔で言われ、

「岩下、佐和紀です」

軽い会釈で返した。

「ロープ、ほどけよ」

「は、はい。はい」

ひぃっと悲鳴をあげた男が背中に取りつき、ロープがほどかれる。新たな車が一台、広場へ滑り込んだ。

出てきたのは、三井と石垣で、悠護の姿はない。

拘束を解かれた佐和紀は皐月と環奈を引き取り、駆け寄ってきた二人に任せた。

「おケガは」

石垣に聞かれ、顔をしかめて答える。

「痛い」

「あるんですか！」

「環奈だよ。スタンガン、やりやがった」

脇腹をさすりながら答えると、

「……マジか」

三井が自分のことのように顔を歪める。それから、後ずさる学生たちに視線を巡らせた。

「兄ちゃんたちも動くなよ。逃げても無駄だ。名前も住所もわかってるぞ！　整列してろ！」

怒鳴りつけてから、佐和紀に向き直る。

「女の子はみんな病院へ行かせた。たぶん、酒を飲んだだけじゃない。悠護さんが手配をしてくれてる」

「わかった」

答えながら振り向くと、ライフルを持った周平が颯爽《さっそう》と歩いてくるところだった。

「世話になったの？　世話してんの？」

ガクガク震えている男の兄貴分との関係のことだ。佐和紀のからかいに、気障《きざ》な仕草で肩をすくめ、何かを確かめるように瞳を覗いてくる。

それだけで、佐和紀の心に傷があるかないか、周平にはわかるのだろう。

「誰がヤクザの世話になるんだ」

にやりと笑われる。

「こっちがテッペンだ。……あんたたち、どうやって責任を取る。そこに並んでるガキもな」

学生たちにも容赦なく冷酷な目を向けた。

「遊びが過ぎたらどうなるか、身をもって体験してみるか」

「周平……」

佐和紀は、そっと肩に手を置く。ライフル銃の試し撃ちぐらいは本気でやりそうだ。

「どんなことをされたんだ」

と聞かれて、視線をそらす。

「ちょっとお遊び」

「そこの男だけは撃ち殺した方がよさそうだな」

その一言に、ヤクザの男が崩れ落ちる。土下座で両手をつき、泥に顔をこすりつける勢いで謝り出す。舎弟たちも同じように膝をつき、慌てた学生までもが泣きながら崩れ落ちた。大恐慌だ。

「うっせぇよ、泣くな！」

三井が怒鳴りつけるのを聞きながら、佐和紀は隣に立つ周平へと視線を向けた。

「あるんだろ？　俺の得物」

甘えるように見つめると、スーパーカーの運転席側もガルウィングが跳ね上がる。出てきた岡村が車の中から金属バットを引き抜く。ワイシャツをまくり上げた腕に、「どうぞ」と持ってこられ、グリップを握った。

「久しぶりに、ドイツ車の硬さを確かめたかったんだよな」

「そ、その車は……、あ、アニキの……」

ヤクザが泣きながら顔をあげる。その額に足を乗せた佐和紀は靴を履いていないことに気づいた。

「タカシ、靴貸して」

「え。やだ」

はっきりした男だ。首を振って逃げる。気づいた皐月が石垣に靴を渡し、本人は裸足で車へ乗り込んだ。

「置けばいいよ」

と言ったが、石垣はその場に膝をつき、佐和紀の足から泥でびしょびしょに濡れた靴下を脱がした。軽く拭ってからスニーカーをあてがう。

笑いを嚙み殺す周平に背中を支えられ、佐和紀はしかたなく任せた。

「おねがいします、おねがいします」

ヤクザの男はなおも繰り返し、すがりつこうとするのを岡村に蹴り倒される。

佐和紀は冷淡に見下ろした。

「車の一台で、うちとの揉めごとに片がつきゃ、兄貴分も泣いて喜ぶだろ。なぁ、周平？」

受け取ったバットを片手に持ち、周平の答えを待たない佐和紀はとんとんと足にスニーカーを馴染《なじ》ませる。ヤクザの車に近づき、素振りを数回。フルスイングでガラスを叩き割った。

「迷いなさすぎ。笑ってるし……」

三井がげらげらと笑う。

窓ガラスをすべて割ったが、車体は叩かないで勘弁してやる。男があまりにも悲痛な声をあげるから、せめてもの温情だ。運が良ければ、警察の職質にも遭わずに帰れるだろう。

呆然としている学生とヤクザたちの前に戻り、佐和紀はバットを片手でもてあそぶ。

若い男たちの中に環奈が膝を揃えていないのが不満だったが、しかたないとあきらめる。

一人の学生の肩をバットで押し、

「どうだ。スリルは快感か？」

尋ねると、相手は泣きじゃくりながら首を左右に振った。

「ガキが女をオモチャにすんなよ？」

「姐さん、そのあたりで……」

うっかり殴りそうだと思っている石垣が近づいてくる。

だらりと下げているバットから指を剝がされそうになり、佐和紀は勢いよく振り向いた。

たじろぐ石垣を睨み、肩越しに周平を振り向く。

「一人ぐらい、半殺しにしてもよくない？　じゃんけんで負けたやつとか。久しぶりに人間、殴りたい」

「姐さん、顔が本気すぎます」

石垣に止められる。

「ちぇっ」

舌打ちして学生たちに流し目を向けた。

「うちが優しいヤクザでよかったよなぁ？」

くちびるの片端を上げて笑う。それから、バットを石垣に預けた。周平のそばに戻り、あらためて車へ目を向ける。

「この車、誰の？」

「何もされてないのか」

「縛られただけ。キスもさせてない。……だから、して」

誰が見ていてもかまわなかった。

フルスイングで振り抜いたバットの先端が、車の窓ガラスを叩き割る瞬間の爽快感はそのまま佐和紀の興奮を煽《あお》る。

片手でスーツの肩を掴み、そのまま首筋へと滑らせた。胸にもたれかかるようにしてあごをそらすと、大きな手のひらがうなじを這《は》う。背中にまわった手で抱き寄せられた。

舌から絡み、くちびるが触れる。艶《なま》めかしい水音が、後処理にあえて奔走する舎弟たちのざわめきに溶け、

「嫌いじゃないんだよ」

顔をしかめて、佐和紀は息をつく。こんなに興奮しているのに、股間はぴくりとも反応しなかった。

11

誰の車だと聞いてもはぐらかしてばかりの周平が運転するランボルギーニで、天祐荘まで帰りつく。

京子と岡崎の待つリビングへ、佐和紀が皐月を連れていくことになった。ガーデン用のサンダルを履かせて入ると、リビングは何事も起こらなかったかのように、いつものおだやかな景色だった。

アンティークの家具は整然と並び、混沌《こんとん》とした世界を一瞬で忘れさせる。

部屋に溢れるバラの香りを感じながら皐月の背中を促した。

二人に気づいた京子が憤然と近づき、右手を振り上げる。皐月は逃げも隠れもしなかった。だからこそ、佐和紀は京子の手を摑んで止めた。

首を振ってみせると、京子は淡い色のくちびるを噛んで深呼吸を一回した。

「皐月。こんなやり方は間違ってるわ。私が、あんたたちを苦しめてきたのは知ってる。真実を知れば、傷つけることはわかってた。でも、それでも、あんたたちは私の子どもなのよ」

京子の目が潤み、泣くまいとして怒ったような顔になる。浅く息を吐き、うつむいたままの皐月を覗き込んだ。

「あんたたちの父親のことは、ごめんね。聞かれても、もう忘れたわ。あんたたちに似てるかどうかだってわからない」

京子が両手で皐月の顔をあげさせる。

「過去に現実感がないのよ。あんたたちがいて、幸弘がいて、私が母親で、弘一が父親で。……もう完全な家族だもの。だから……ごめんね。思い出そうとしてもできないのよ」

「……思い出して欲しいわけじゃない」

皐月が答える。

「思い出させて、傷つけたくなくて……。嫌な思いを、させたくなくて。ぼくは」

「わたし、でしょう」

京子が静かに言い直す。母親の顔で優しく微笑みかけられ、皐月が驚いた顔になる。

「小さい頃からわかってた。ピンク色もリボンも好きじゃなかったけど、皐月、あんたはいつもどこか他の男の子と違ってたわ。環奈と比べればすぐにわかるじゃない。私はいい母親じゃないし、子育てなんてろくにしなかったけど、それでもあんたたちのことはずっと見てきた。大好きなのよ」

「……変な子どもだって、嫌われる、って……思ってッ。だって、父親に似て、って、思われるって……ッ」

京子に頬を包まれたまま、皐月は幼児のように泣く。その涙を京子は何度も何度も、親指をワイパーのように動かして拭《ふ》いた。

そうやって、頬に触れていることが、ただ幸せだと言いたげに笑う。

「相手のことは、よく知らない。だけど、人間だもの……。いいところだって、少しはあったはずよ。皐月も環奈も、私が持ってない、いいところがたくさんあるの。それは、あの男たちが失くしてしまったいいところだったと思ってるわ。だから、あんたたちは、絶対に幸せになる。あいつらとは真逆の人生よ。私はそう信じてる。違わないでしょう？」

皐月が天井を仰ぎ、声を振り絞って泣く。

佐和紀は顔を背け、床を蹴った。もらい泣きしそうでどうしようもない。

「悪かったわ。もっと、ちゃんと話すべきだった」

皐月を抱き寄せ、京子は赤ちゃんをあやすように揺れる。

「環奈。いらっしゃい」

その声で、リビングの入り口まで来ていた環奈が中へ入ってきた。佐和紀に睨まれ、しょげながら頭をさげる。

「バカなことをしたわね。責任は自分で取りなさい。悠護も周平も、成人したあんたに、今までのように甘くはないわよ」

母親に手を差し伸べられ、環奈も輪の中に入った。三人が抱き合って泣き、佐和紀も鼻をすすった。

黙ってソファーに座っていた岡崎が、目頭を押さえてふらりと消える。優しいバラの香りの中に親子を残し、佐和紀も反対の方へと離れた。

＊＊＊

石垣から連絡を受けた支倉に急《せ》かされた周平は、ランボルギーニの慣らし運転をしていた岡村の助手席に乗せられ、そのまま軽井沢へ入った。

学生の頃から夜な夜な山で車を滑らせていた岡村にとって、スーパーカーでの山道走行はさほど難しくない。佐和紀のピンチだと聞かされれば、横転したって一回転で切り抜けるぐらいのことはするだろう。その入れ込みようもどうなのかとは思うが、おもしろいから止める気はない。

佐和紀を守るのなら、自分一人ではどうしたって手が足りないのだ。

庭先でタバコを吸い、建物の中へ入ろうとした周平は、植え込みの陰にしゃがんでいる岡崎に気づいて飛び上がった。

まさかの場所に、まさかの人物だ。

「何、して……」

さすがの周平も冷静ではいられない。バクバクする心臓を押さえ、兄貴分を見た。

「もらい泣きしてるんですか？」

目元だけじゃなく、鼻まで赤い。

「泣かずにいられるか」

「あんたは……。向こうでタバコでも吸いますか」

声をかけて、二人で庭先の椅子《いす》に座った。

タバコに火をつけた岡崎は、男泣きの目元をしきりと手のひらの根元で押さえて息をつく。タバコを吸うどころじゃないだろう。

兄貴分から視線を転じ、濡れた庭を見ながら、周平はタバコをふかした。

「京子さんと佐和紀のどっちが好きなんですか」

「今、聞く話か」

「あんたを見てたら聞きたくなったんです」

「……佐和紀だ」

ふぅ、ふぅ、と浅い息を整えながら、こんなときでも岡崎ははっきりと口にする。そんなに強い想いを寄せるくせに、最後まで手を出せずにきたのはお笑い草だが、惚れ込む男たちにとって佐和紀は永遠の聖域なのだ。

「このタイミングで、そっちですか？」

「嘘はつかない」

「京子さんは、あの男よりも弘一さんを好きだって言うでしょうけどね」

今も刑務所に入っている環奈の父親だ。京子は岡崎の方が好きだと言うが、その想いがひとつでないことを岡崎は知っている。それはちょうど、岡崎が佐和紀と京子の両方を愛しているのと同じだろう。

二人はそれぞれ、叶わない想いと守るべき愛情を抱えている。

「あいつはその方が幸せなんだ。……刺青、終わったのか」

岡崎の涙がようやく落ち着く。たいして吸わないうちに終わったタバコを消し、新しい一本に火をつける。

周平も二本目をくわえ、質問に答えた。

「あっけないですよ。財前のヤツ、調子に乗って色を乗せ直さないかと言い出して……」

「するのか」

「しませんよ。せいぜい汚く褪《あ》せればいい」

「周平。おまえ」

心配そうに呼びかけられ、苛立った声で返した周平はうつむいた。開いた足の間に灰を落として身をかがめる。

「もう大丈夫だと思ってたんですけど。……ダメでしたね。佐和紀に八つ当たりしないのが精一杯で」

言いながら、自分の心に嘘つきだと罵られる。

皐月に見せつけるためにディルドを使ったとき、周平は確かに欲情を持て余していた。それは佐和紀にぶつけるべきものじゃなく、かといって、どうしたらいいのかさえわからない劣情だ。滝にでも打たれれば煩悩がなくなるのかと自嘲《じちょう》しながら、ふいに気がついた。

キスをして、愛撫をしても、ぴくりとも反応しなくなった佐和紀の股間。あれの原因は、間違いなく、あの夜の行為だ。

「佐和紀は気づいてるだろう。傷のある人間に優しいからな」

岡崎に言われ、周平はうなだれたままで答えた。

「……ずっと傷ついたままでいます」

「バカだろ。それ以上、佐和紀の優しさを独占するなよ。……京子が、佐和紀と共闘関係を結ぶって言ってるけど、佐和紀とは相談したか」

岡崎が煙を吐き出す。うなだれた背中を叩かれ、周平はゆっくりと起き上がった。

「まだです。でも、佐和紀が自分で考えればいい。弘一さんもそう思ってるんでしょう」

「思ってるよ。俺は、佐和紀が選んだ道を無条件に支持する」

「愛ですね」

さらりと口にすると、疎ましそうに睨まれた。

「おまえに言われると、腹が立つ。関西がごたついてくれて好都合だ。この機会に、佐和紀の場所を作る。それとも、まだ俺と京子に奪われそうだと思ってるのか」

「……そんなことを言ったら、佐和紀は目くじら立てて怒るでしょうね。佐和紀のことは信じてます。あんたたち二人と同じぐらいに」

「それ以上だろ？」

「……あいつのお荷物にはなりたくない」

椅子に背を預け、いつになくダラけて座った。昔馴染みの兄貴分の前でぐらい、気の抜けた態度を取りたい日もある。

「おまえは弱音を吐いても男前だから得だな」

「褒めてます？」

「たまにはな。……本郷が西にいること、佐和紀は知ってるのか」

「知ってます」

支倉が狙われ、佐和紀が腰に刃物傷を負った事件で、こおろぎ組の若頭だった本郷は組を出された。絶縁でも破門でもなかったのは、問題があったことを表に出さないためで、小さな組だからこそ誰も注目しなかった。

「泳がせておきますよ」

背筋を正し、周平はタバコを揉み消した。

「毒になるか、クスリになるか。今はまだ判然としませんから」

「あいつは小者だけど、運がいいんだ。どこまで返り咲けるか……」

余裕のある表情で岡崎が笑う。

「本郷が抜けた補塡《ほてん》をおまえがしてくれて助かった」

「金でカタのつくことなら、なんでもやりますよ。松浦組長への点数稼ぎは大事ですから」

「嫁の実家の親ってのは、厄介だからな」

身に覚えがあるのだろう岡崎が肩を揺らして笑う。

「……大滝組長は、その気だと思いますよ」

出し抜けに言うと、笑顔が引っ込み、苦い顔つきになった。

「俺もそう思う。避けたいな。佐和紀に直系本家の盃ってのは」

「古参幹部の間で、秋の定例会に提案をかけるって話が出てるでしょう。どうしますか」

「他人事《ひとごと》じゃねぇだろ。『大滝組の御新造』で祭り上げられでもしたら、つぶすにつぶせねぇぞ」

嫁として来た佐和紀を、男として組の仕事に参加させたい。そう思った周平が定例会での許可を得ようと画策を練ったこともある。時期尚早だと岡崎に反対されてあきらめたが、今となっては周りの方が佐和紀を引きずり出そうと必死だ。

「こおろぎ組と抗争になったりして」

「おもしろがるなよ」

「まぁ、きっちり芽を摘《つ》みます。俺の嫁ってことでハクがついても、あいつは『こおろぎ組の狂犬』だ。大滝組長の飼い犬にはさせません」

「……京子に頭をさげるか」

二人の仲の悪さを知っている岡崎が、ニヤニヤと嫌味な笑みを浮かべた。

「佐和紀を『駒』じゃないって言ったんですよ。そういう相手になら、頭ぐらいさげます」

「今のおまえが頭をさげても、あいつは喜ばないだろうな。昔の鼻持ちならないおまえじゃない」

「あんたにとっては、今も昔も、かわいい舎弟でしょう」

「俺にとってかわいいのは、佐和紀だけだ。昔からな」

ふざけた口調だったが、それは真実だ。臆面もなく言ってのける兄貴分に食ってかかる気はなかった。

佐和紀を愛する男たちに突っかかっていたら、周平の一日はそれで明けて、それで暮れてしまう。

だから今日も、はいはいと聞き流して済ませた。

ぐだぐだと話し続ける岡崎が、佐和紀との時間を残り少なくしようと引き留めていることに気づき、半ば捨て置くようにして別荘へ戻った。

誰にも呼び止められないように、佐和紀の部屋のテラスへ回る。開いたガラス戸から中へ入ると、浴衣姿の佐和紀が寝室から顔を見せた。

シャワーを浴びていたのか、すっきりとした顔で近づいてくる。抱き寄せて、さっさと寝室へ入った。閉めたドアに追い込み、見つめられてくちびるをふさぐ。

窓から入ってくる風が、カーテンを静かに揺らしている。

感じ入るような息遣いを優しく吸いあげ、石鹸《せっけん》の香りがする首筋にくちびるを滑らせる。

「周平。……んっ、ん……」

顔の角度を何度も変えて、軽いキスを繰り返す。さわさわと優しく身体のラインをなぞり、甘い息遣いを楽しむ。

環奈が『ヤリサー』に交じったことに気づいたのは悠護だった。元々、ある会社役員の息子を改心させるように頼まれていたのだ。前科がつく前にこっぴどくこわがらせてくれというのが意向だったから、環奈は完全に泳がされていた。

そのことを話すと、佐和紀はあきれたように笑い、どうでもいいと周平の首に腕をまわす。

セックスを欲しがる目をしているのは、興奮が止まないからだろう。久しぶりに車の窓ガラスを破壊して、よほどアドレナリンが出たらしい。

どこかぎらぎらとした目で見られ、何気なく脇腹に触れた。その瞬間、佐和紀が過剰に身をよじり、しまったと言いたげな顔になる。

「ケガしてるのか」

「ぶつけた」

「見せろ」

「いやいやいや……ダメ」

うるっとした瞳で見上げられ、思わずあきらめかけたが、そうはいかない。

「かわいいけど見逃せない」

帯を解き、柔らかい浴衣を開く。

「どうも、ないって……」

逃げようとする腰を押さえ、目を凝らすと、小さな傷があった。火傷《やけど》のような赤みがあるが、樹枝状の模様のようにも見えた。

「電紋だな」

スタンガンの傷だ。隠すところからして、相手は環奈だろう。どうせわかるのに、言いつけないのが佐和紀の長所だ。

それ以上は問い詰めず、もう一度、キスに誘う。仕事を抜けてきたから、滞在はできない。きっちりと再調整をかけた支倉からも釘《くぎ》を刺されているのだ。仕事を飛ばせば戻るのが一日延びると脅され、それならさっさと仕事を済ませてしまいたかった。

明日には解放されて、佐和紀を山荘に誘い、ゆっくりと過ごしたい。

「周平……話を聞いて欲しいんだけど」

背中にまわった手は、言葉とは裏腹に周平を抱き寄せる。身体をぴったりと合わせ、周平は佐和紀の太ももを撫でた。それだけでお互いに気持ちがいい。

「くちびる。離せよ」

佐和紀に笑われたが、

「わかってるんだけどな。難しい」

いつまでも重ねていたくて、触れたままで答える。

「バカ」

甘く罵られ、チュッと音を立てて佐和紀のくちびるが引いた。追いかけるとまた重なり、またチュッと吸って離れていく。何度も繰り返し、きりがないと佐和紀が身をよじる。

「岡崎に、こおろぎ組と大滝組のどっちを名乗りたいかって聞かれた。周平はどう思う？」

胸を手のひらで押しとどめられ、周平は佐和紀を連れてベッドの端に座った。

「その前に、おまえはどう思ってるのか聞かせてくれ」

「……うん」

小さくうなずき、浴衣の前を合わせただけの佐和紀は窓の外を見る。その背中の後ろに片足を立て、肩を抱き寄せた。横顔を眺める。

佐和紀はまっすぐに前を見たまま言った。

「俺はやっぱり松浦組長の子分だから、大滝組系こおろぎ組がいい」

「じゃあ、それでいい」

「でも……。京子さんを手伝うのに……」

「佐和紀。今あるデカい看板を背負うのも手だけどな。おまえ自身の看板をデカくすることも考えてみろ」

佐和紀の襟足を指でなぞり、綺麗な顔をそっと覗き見る。

「それって」

佐和紀が振り向く。

「今から用意しておけば、弘一さんが上がったときに、役付きぐらいは狙える」

「でも、俺は一構成員だし。……え？　そういうこと？」

理解するまで時間差があるのもご愛嬌《あいきょう》だ。

「俺が意味もなくシンを付かせると思うか。おまえの命を守らせるのは、俺のためだけじゃない」

「……オヤジは望んでない」

「末っ子のおまえがまさか……だろ？　そっちは俺がせっせと点数稼ぎしてるじゃないか。大丈夫だ。おまえを一人前の男にする約束だ。出世したら、泣いて喜ぶようにゴマをすっておく」

「何言って……」

笑った佐和紀の顔から表情が消える。甘い雰囲気が消えて、凜々しい眉が吊《つ》り上がった。そうすると、佐和紀はいっそう美しい。

「京子さんの言う『共闘』って、そういうこと？」

「俺が補佐になったみたいに、な」

周平は優しく微笑みかけた。委縮させても意味がない。今はまだ遠い話だ。覚悟だってまだまだ必要ない。

どうせ、そのときが来たなら、佐和紀は止めたって駆け上がるのだ。

「ずっとずっと先の話だ。でも、何事も先手を打っておくべきだろう。それが活きるかどうかは、相手がどこに駒を打つかにもよる。……あの二人は、自分たちの思った場所へ、駒を打たせるけどな」

佐和紀は静かに聞いていた。

今はまだ自分の力不足を痛感するだけだろう。

「おまえには、俺がいる」

うつむきもせず、そらしもしない視線を受け止めて応《こた》えた。

「どうあっても、俺が逆転勝利にしてやるから。何も心配するな」

こんな約束をしてもいいのだろうかと、周平の心はわずかに迷う。それでも、佐和紀を最後に守れるのは自分でありたいと思うから、刺青を埋めて、この先にある未来を選択すると決めたのだ。

「……周平」

佐和紀の目に覗き込まれ、周平は一瞬だけたじろいだ。胸の深い場所を確かめられ、まさぐられている気がした。

「俺はね、おまえのために、京子さんと手を組むよ」

佐和紀の目が突然に潤んだ。

「もう二度と、おまえを傷つけさせない」

胸の奥がぎゅっと掴まれ、周平は戸惑う。そらしかけた視線を追われ、頬に佐和紀の手が当たる。

そらさないで、見ていて、と、指先に肌を撫でられた。

「俺は、……おまえの唐獅子牡丹《からじしぼたん》が好きだ。かっこいいと思ってる」

佐和紀の目がまた潤む。涙が溢れてきて、まばたきと一緒にぽろぽろとこぼれ落ちた。

「完成したことが、すごく嬉しいんだ」

ごめんな、と言い出しそうな佐和紀のくちびるを、親指でそっと撫でて黙らせる。

刺青が呼び起こした傷を、佐和紀は知っているのだ。今、胸の中を見られた。そう悟り、どうやって繕うべきかを考える途中で、周平はすべてをあきらめた。

「佐和紀。俺が打った駒の中で最高の一手があるとしたら、それは、あの女を愛しても報われなかったことだ」

佐和紀の目が不安に揺れる。だから、周平は言葉を重ねた。

「愛したと思ってた。おまえを好きになるまでは、それが愛情だと思ってたんだ。わかるか？　佐和紀。俺は何度でも言うから、忘れて不安に感じたら、何度でも聞けばいい。おまえとの間にあるのが、俺の愛だ。それから……おまえとしてるのが、恋だ」

まっすぐな佐和紀の目が笑う。甘くほどける不安が、キラキラとした涙になる。

「こうして、おまえに見つめられているだけで、俺は幸せだ」

周平がささやくと、佐和紀のくちびるが尖る。

「嘘つけよ。おまえが本当に好きなのは、俺の中に入ってるときだろ」

「言わないでおいたのにな」

周平はひそやかに笑いかけた。佐和紀がぎゅっと目を閉じる。くちびるを引き結び、それからまぶたを押し上げる。

「……おまえが過去に、誰を愛してきたとしても、俺は傷ついたりしない。悔しいけど、俺にはおまえを傷つけられないから……。勝てないケンカはしない」

「傷つけてもいいぞ」

「嫌だよ。そんなこと、してやらない」

怒ったように頬を膨らませ、

「刺青、見たいな」

はにかんで首を傾げる。

「まだダメだ」

これから仕事がある。脱げばそのまま抱きたくなる。佐和紀だって、欲情を我慢できないはずだ。

「……抱いて、欲しい」

両腕に首を引き寄せられ、濃厚なキスになる。もつれ合ってベッドに倒れ込み、佐和紀にマウントを取られた。

見下ろされ、太もものあたりに熱を感じた。こりっと小さな芽生えが当たる。手を伸ば

すと、

「あっ……。そこは、まだ」

慌てて身を引く。それでも、確かに柔らかな芯《しん》があった。

「舐めてやろうか」

「だ、だめっ」

「今、傷ついた……」

「おまえなんか、傷ついてろ」

佐和紀が笑う。

「おまえを見せびらかしたいと思うのは、いけないことか」

皐月のことを暗に匂わせると、佐和紀に睨まれる。

「女相手にはやめろ……。皐月がかわいそうだ。俺たちのあれは、そんなに綺麗じゃない」

「おまえは綺麗だよ」

周平の一言で耳まで赤くなりながら、

「……おまえのやり方は、エグい」

ぶつくさと言う。

「好きなくせに」

「好き、だけど……見られてないと思うからだ……バカ。言わせんな、バカ」

かわいらしく拗ねられて、いよいよ抱き寄せたくなる。でも、タイムリミットを知らせる呼び出し音が響いた。仕事に戻る時間だ。

「帰ってきたら、元に戻してやる」

「何を？」

帯を取りに行った佐和紀が、まったく気づかずに振り向いた。

「ご機嫌斜めな、ココだよ」

ベッドを下りて、まだ帯の巻かれていない浴衣の中に手を入れた。下着越しに、ぐいっと尾てい骨を抱き寄せる。人に見られて機嫌を損ねた小さな昂ぶりが、また、こりっと当たる。

倒錯的な興奮を覚え、周平は真顔で腰を引いた。うっかりこっちが完勃ちしそうで危ない。

「……本当に？　これ、元に戻る？」

もう勃起しないかもと思っていたのか、不安そうな佐和紀が息をつく。

「よかった……。ん、待てよ。それって、誰かを混ぜるとか、見せるとか、そういう変態行為じゃないだろうな！」

両手で肩を突き飛ばされ、周平はすかさず自分の額に手を当てた。顔を隠す。

「……悪かった。本当に悪かった。あれは気の迷いだ」

「もうしない？」

佐和紀に問われたが、思い悩む振りでかすかに首を左右に揺らして、ドアへと手を伸ばす。

「出かけてくる。明日には戻るから」

「周平！　今、わざと返事しなかったな！」

佐和紀の声を背中に聞き、笑いながら部屋を抜けた。ドアの鍵をはずす。

「早く帯を締めて、見送ってくれよ」

いつでも逃げ出せる準備をして、佐和紀へと片目を閉じた。

12

ちぎれ雲がおだやかに流れる昼過ぎ。照りつける日差しは真夏の激しさだが、見上げる空にはすっと抜けたような透明感がある。次の季節を感じさせる夏空の下で、麦わらのボルサリーノにサングラスをかけた周平は、ディレクターチェアに座り、涼しいリネンの幅広パンツで足を組む。爪先《つまさき》に引っかけたサンダルをぶらぶらと揺らし、買ったばかりのスーパーカーと悠護のスポーツカーが並ぶのを眺めた。

指に挟んだコイーバも静かに燃える。

「環奈ぁ。おまえ、ここ、ちゃんとやったぁ？」

タバコとビールの瓶をそれぞれの手に持った悠護が、自分のアウディのバンパー前にしゃがむ。天祐荘のロータリーは今、水浸しになっている。悠護はさらに続けた。

「おまえ、洗車のひとつもできないのか。そのくせに、皐月と佐和紀まで巻き込みやがって」

くどくどと言われ、布を両手に握った環奈が空を仰いだ。

「磨いてんじゃん！　何台目だよ！　ピカピカだろ！」

いい加減にしてくれと泣きごとを喚く。周平のスーパーカー、悠護のスポーツカーに続き、今は岡崎のセダンを磨いている真っ最中だ。

周平はコイーバをくちびるから離した。

「うちの舎弟なら、もっと手早いぞ。顔が映るぐらいに拭きあげろよ」

「知るかよ！　無理だし！」

「ムリ？」

悠護が嚙みつく勢いで歯を剝くと、

「あ、やる。やるよ。ピカピカに拭きます！」

環奈は小さく飛び上がった。

「周平。こいつ全然、反省してないんじゃね？　もう一台させるか」

「やーめーてー！」

拭きあげ途中のセダンにすがりつき、環奈が悲痛な叫び声をあげる。

タンクトップと短パンは、汗と水とで肌に張りつき、髪もパーマがくるくると甦るほどに濡れていた。

それはもう懸命に洗車しているのだが、年上の二人はまだ合格を出さない。悠護が容赦なく、

「ｅｎｃｏｒｅ　ｕｎｅ　ｆｏｉｓ．」

フランス語で『もう一度』と言い、唸り声をあげた環奈もフランス語で悪態を喚き散らした。

「牧歌的だな」

周平は笑ってタバコをふかす。悠護が環奈の尻を蹴飛ばし、じゅうぶんに殺伐としていたが、見慣れた風景だ。

後ろから近づく気配に気づいて振り向くと、綿紅梅の袖が見えた。

「何やってんの？　遊びに行こう」

肩へ手が置かれ、頬には息が当たる。世話係の三人も揃っていた。

「これが終わったらな」

「……ずっとやってない？」

「下手なんだよ。ちょっとは仕込んでやらないとな、行儀も立場も」

ふざけながら細腰を引き寄せようとしたが、あっさりと逃げられる。

佐和紀はふらりと車へ近づく。手前にある、周平のランボルギーニだ。

「きれいだと思うけど。ピカピカ」

「だろー。言ってやってよー。おっさんたち、しつこいんだよ」

懲りない環奈が、悠護をそっちのけにして近づく。

「おっさんはしつこいって決まってんだよ。ねっとりも悪くはないしな」

「え？」

艶めかしく笑った佐和紀が腕を差し伸ばした。環奈の首に手をまわす。

ぐいっと引き寄せた瞬間、身体の陰で腕が動く。

「うわー、モロ入った」

三井が同情の声をあげる。それがどんな威力か、一番知っている男だ。

見物する男たちの前で、悲鳴もなく環奈は崩れ落ちる。えずいて咳き込んだ。

「脇腹の礼がまだだったろ？　っていうか、無防備だな」

着物の裾を引き上げて、佐和紀がしゃがみ込む。地面の水で袖が濡れないようにしなが
ら、環奈のあごを摑んだ。

「腹筋、ないの？　お坊ちゃんだな。……悠護、こんなの後継《こうけい》にすんの？」

「しねぇ」

瓶ビールを飲む悠護が即答する。

「幸弘の方がいいんじゃやね」

佐和紀が言うと、這いつくばった環奈は涙目で声をあげた。

「なんでだよ！　力は入れたっつーの！」

「ほんと、環奈は口ばっかりなんだよなぁ」

悠護が笑う。

「覚えてろよ！　くっそ！」

「こうして、ガキは大人になるんだなぁ……」

笑いながら立ち上がった佐和紀がそのまま、周平のそばへ戻ってくる。

「もうフェラーリ、乗らないの？」

「乗るよ」

答えながらポケットを探る。暴れ牛のチャームがついたキーを指先に引っかけて取り出した。

「これは、おまえに」

「え、マジで。免許、取っていいの！」

佐和紀が喜びの声をあげ、控えていた石垣と三井が「えぇっ！」と叫んで後ずさる。

「まさか……」

「ウン千万をどぶに捨てるような……」

「なんだよ」

動揺する二人の言葉に、佐和紀は眉を吊り上げて振り向く。その手からキーを遠ざけ、周平は軽く揺らした。

「免許はダメだ。ドライバー付きが嫌なら、店に返してくる」

キーがチャームと当たり、チャリチャリと音を立てる。呼び鈴代わりの音で呼び出されるのは岡村だ。

佐和紀とは反対側に回り、キーを受け取った。

「名ドライバーだ」

周平が微笑むと、

「……俺の免許」

佐和紀があからさまに落胆する。

「車か、免許か。どっちかにしろ」

わざとらしくため息をついて要求する。これぐらいしなければ、佐和紀は本当に自分で教習所通いを始めてしまうだろう。

「こいつが運転したら、行先は『連れ込み』だぞ。いいのかよ」

負け惜しみを言った佐和紀が、くちびるを尖らせる。そんな顔をしてもかわいいだけだ。

「行きませんよ」

周平と同じことを思っているだろう岡村は、しらっとして答える。

「せめて、海が見える高級リゾートだよな」

周平がからかうと、視線を微塵も揺らさずに答えが返る。

「山あいの高級旅館です」

「それは俺の専売だ。別のにしろ」

「……なんだよ、おまえら。俺は軽自動車でいいから、免許が欲しい」

「ダメです」

すかさず割って入るのは、石垣だ。

「軽自動車は車体も軽い。吹っ飛んだら、即死です」

「……吹っ飛ばねぇよ」

「ダメです」

「姐さん、あきらめてー」

三井もしゃしゃり出てくる。ランボルギーニのそばに寄り、オーバーアクションで車を示した。

「この車、いいよー。エンジン音は聞いただろ？　シンさんはクラッチミートうまいから爽快だし。とりあえず、スカイラインでも流してもらえば？　それから考えても、問題ないじゃん」

「……昨日、乗ったから、知ってる」

「それはアニキの超安全走行だろ。鬼押《おにおし》ハイウェーなんかいいんじゃね？　直線は痺れるよ～」

腕を引く三井にそそのかされ、佐和紀は助手席へ近づく。

「行ってきます」

一礼する岡村を振り仰ぎ、周平は指先で呼んだ。身をかがめた舎弟に耳打ちする。

「ベタ踏みしてこい。おまえのテクニックできっちり、あきらめ、つかせろよ」

うなずいた岡村は無表情だが、これから、密室で佐和紀を興奮させるのだ。男の望みからズレているとはいえ、アニキの許しも得て嬉しくないはずがない。

空気を震わせ、地面に張りつくような車が滑り出ていく。

「ずるいなー」

腕組みをした石垣がぼやく。周平は、その声を聞きつけ、

「免許を取らせるよりいいだろ」

タバコを消して立つ。

まだもの言いたげな金髪を片手でかき混ぜると、舎弟は逃げることもせずに宙を睨み据えた。


日差しの暑さを避けて、周平は一人で建物の中へ戻る。

リビングでゆっくりしようとロビーの壁にボルサリーノをかけた。キッチンの中に京子の姿が見えて、足を止める。興味本位で覗くと、ボウルを抱え、泡立て器で格闘していた。

どうやらホットケーキを焼くつもりでいるらしい。

　入り口にもたれて眺めていると、袋の裏に書いてあるレシピを何度も見ていた京子が顔をあげた。

「出かけるんじゃなかったの？」

「佐和紀がドライブに出たので、戻ってから行きます」

「あのうるさいランボルギーニ？」

「いい音でしょう」

「本家の屋敷に置くつもりじゃないでしょうね」

　不満げな目を向けられ、薄い笑みで返す。

「マンションの方にします。確実に屋根がありますから」

「そう……。それがいいわよ。あんたが車を買うと、お父さんがうらやましがって荒れるから。あの車、佐和紀のダイヤの二倍はするんでしょ？」

「悠護のアウディより安い車を贈れますか」

「男ってバカね」

　京子はまた袋の裏を確認した。

「ねぇ、これぐらい混ぜればいいの？」

　呼び寄せられて、ボウルの中を覗く。

「いいんじゃないですか。幸弘に食べさせるんですか」

「弘一よ。まず試して、明日、あの子たちに作るの。何？　似合わないって言いたいんでしょう」

「言いません。チョコチップ入れるといいですよ。そのままで食べられる。あとで買ってきましょうか」

「頼むわ。……佐和紀が承諾したわよ」

京子が手を止める。二人は無言で視線を交わした。

周平は一歩引き、頭を深々とさげる。

「これまで以上のご指導を、よろしくお願いします」

「嫌がらないのね」

「言いがかりですよ。俺は心の広い男ですから」

「どうでもいいだけの話でしょう。……今までの、あんたなら」

ボウルを作業台に置いた京子が、フライパンの用意を始め、周平は手近なハイスツールに腰かけた。

コンロの火をつけた京子が振り向く。

「本郷が由紀子に接触してるらしいわね」

「あの女は、誘蛾灯《ゆうがとう》だから……。京子さん、油を」

「あぁ、そうね。油、油。オリーブ？」

「サラダ油です」

いろいろと危うい。ついでに、スプーンじゃなくおたまで生地を落とすように助言した。

「周平さん。あの人たちを京都から出した方がいいわ」

フライパンの上のホットケーキを見守りながら、京子が声を沈ませた。

「まだ、そんなことを」

周平は立ち上がって冷蔵庫からビールを取る。

「疑い深いのは女の長所だけど、あんたの場合はしつこすぎる。あの親子は谷山の……」

「……周平さん。あなたと谷山の写真を並べて、あの子を一目見れば、誰にだって親がわかるわよ。妙子《たえこ》さんと縁を切ったことは知ってるわ。本人から電話をもらったのよ。あの人だって、自分からは言わないわ。だけど。谷山となんて……」

妙子というのは、京子の年上の親友だ。皐月と環奈の乳母代わりをした女であり、京都へ引っ越して男の子を一人産んだ。その頃からずっと、京子は子どもの父親を周平だと疑っている。

「鑑定でもしますか。自分の親友をそこまで疑うことないでしょう」

「……京都から出して、実家へ帰るように言ってやって」

「実家は熊本のはずれだ。いざというとき、誰も飛べません。由紀子はそんなことに興味ありませんよ。妙子さんを敵とも思っていない。俺との関係だって、清算済みだ」

かつて妙子と関係を持っていたのは事実だ。結婚前のことで、佐和紀と京都へ行ったときに、手切れ金を渡した。それで終わりの関係だ。

「もし、佐和紀が知ったらどうするの」

フライ返しを手にした京子が、フライパンを眺め回す。周平はしかたなく立ち上がって、その手からフライ返しを取った。

ひっくり返すとコゲが見え、火を弱める。

「あの子の勘の良さは女並みよ。皐月のことだってそうじゃない。感覚で丸呑みするわ」

「俺と関係ない子を見せて、誤解するなと言えばいいんですか。それとも、妙子さんと引き合わせますか。皐月と環奈の育ての親で、大滝組長から俺が奪ったと言えばいいんですか」

「奪ったわけじゃないわよ」

京子がそっぽを向く。自分の親とくっついて欲しくなくて、周平をけしかけた張本人だ。

「由紀子には興味がなくても、本郷が知ったら？　それも面倒よ。あることないこと吹き込まれた佐和紀が、どんな気持ちになると思うの」

「……怒るだろうな。谷山に肩代わりさせたって、怒り狂う。でも、真実、谷山の子だ」

「書類上よ」

「京子さん」

腕を掴んで、引き寄せる。顔を覗き込んだ。

「あんたが母親の顔になるのは好きだ。でも、物の本質を『その眼』で見るな」

「……」

「ご忠告は受け入れます。対処方法も考えておきます。妙子さんが心配なら、京子さんの方から帰郷を勧めてください。俺はもう、顔を合わせる義理もないので……。下手に動けば、大滝組長に知られますよ。そうなったら、谷山の指が飛びかねない。やめてください」

「佐和紀がかわいそう」

「産めないからですか」

周平の一言に、京子がハッとしたように息を呑んだ。肌へ赤みが差す。

「代わりにあんたが、俺の子を産んでやりますか」

殴られることは承知で言った。飛んできた手のひらを思いきりぶつけられる。

「産むなら、佐和紀の子よ！」

京子が床を踏み鳴らして叫ぶ。

「……何の話だ。おまえたちは」

あきれたような岡崎が、疲れた顔で入ってくる。

「寄ると触るとケンカだな」

「京子さんが、佐和紀の子を産むそうですよ」

「……ダメだ」

フライパンを軽く揺らした岡崎が皿を取り出す。

「どうして」

京子が聞き返した。ホットケーキを岡崎が出した皿へ移し、フライパンに油を引き直す。

「嫌だからだ。周平の子にしとけ」

「ホットケーキなんか焼かない！」

京子はヒステリックに叫び、岡崎と周平の足を思いきり踏みつけ、振り返りもせずに飛び出した。

残された男二人は、しばらく悶絶《もんぜつ》する。きっちり踵《かかと》で指先を踏むのが京子だ。

「……嫌なんですか？　二人のこと、どっちも好きなんでしょう」

先に立ち直った周平は、フライパンを冷ましてからホットケーキの生地を流した。佐和紀の好物だから、お手のものだ。情事の後の甘味にとチョコチップを混ぜて焼けば、甘い匂いに誘われて眺めに来る。襦袢姿だったり、周平のシャツを羽織っただけだったり、そのときどきで違うしどけなさを見たくて、射精のけだるさも忘れる自分は、思春期をやり直していると思う。

「必要以上に仲良くされるのは、嫌なんだ。姉弟《あねおとうと》みたいならともかく、貸し腹の関係なんか絶対許せない」

どっちにどんな嫉妬《しっと》を抱いているのか、そこは深く聞かない。

「じゃあ、そういう方針で」

「……足、いてぇ。折れたな」

笑った岡崎がスツールに腰かける。真剣に指の心配をしている兄貴分を笑い、周平はホットケーキを焼き続けた。

＊＊＊

ドライブから戻っても、環奈はまだ洗車をやらされていた。今度は、三井たちが使っている車だ。

洗車技術の重箱の隅をつつくなら、ライセンスが取れるほど手慣れている三井と石垣が加わっていた。組でもさんざん、若手を仕込んでいるのだ。

へろへろになった環奈の顔は汗か涙かわからないほどに濡れていたが、おそらく倒れる寸前まで追い込まれるだろうことは確実だ。

誰のせいで佐和紀がロープ巻きにされたのかは、周知の事実だ。相手をボロ雑巾《ぞうきん》にするのにもいろんな方法があると思いながら岡村も参加させて、佐和紀は別荘へ入った。

ロビーに甘い匂いが漂っていて、ふらふらとキッチンへ向かう。覗くと、意外にも周平がいた。それから、皐月と幸弘だ。

母親からも女と認められた皐月がスカートを穿《は》くことはなかった。今日も白いシャツと細身のジーンズだ。淡いリップがよく似合う。

華奢《きゃしゃ》な身体つきは骨ばっていたが、柔らかな仕草は女性的で、やっぱり皐月はマニッシュな女の子だった。

「いい匂い。おやつ？」

入り口から声をかけると、

「お母さんに」

佐和紀に気づいた皐月が微笑む。

「ご機嫌が悪いんだよ」

ステップに乗って、フライパンを覗き込んでいる幸弘も振り向いた。

「どうして俺を見るんだ」

二人にあれこれ指示を出していたらしい周平が、居心地悪そうに顔をしかめる。佐和紀は、作業台にチョコチップの袋を見つけ、中身を手のひらに出した。

「こんなところで子どもの相手をしてるから」

「おまえが相手をしてくれないからだ」

「違うだろ」

言いがかりもいいところだと、佐和紀は笑い返した。

「車と免許、どっちにするんだ」

幸弘を皐月に頼んだ周平が近づいてくる。

「悔しいけど、車……」

直線道路を走り抜けたランボルギーニは快感だった。でも、自分がそれを扱いきれるとも思わなかったのだ。しばらくは、運転を任せて楽しみたい。

「おまえが、シンに古いスポーツカーをねだったことはわかってるからな」

「あぁ……」

山道を転がしてもらうついでに、マニュアル車の運転も覚えるつもりだった。

それはそれで、まだあきらめてはいない。

「もしかしなくても、張り合ってる？　あの車に、すごくいろいろと見え隠れしてたけど……」

真相はもう岡村から聞き出した。

悠護のアウディを褒めまくった翌日には、ディーラーに電話を入れさせ、一番早く納車できる車を注文したらしい。その中で一番高額な車種を選び、キャッシュで買ったというから最低な男だ。

使い走りをやらされた岡村はもう慣れているらしく、何千万も入ったアタッシュケースを単なる書類入れのように扱うとディーラーが顔を引きつらせると笑った。

「俺にねだってくれよ」

食器棚に追い詰められ、

「顔が近い……」

周平の向こうの皐月と目が合う。さっとそらされたのが恥ずかしくて、肘で周平を押し返した。

「……できた、できた」

コンロの火を消した皐月が、わざとらしく声をあげる。

「幸弘、お母さんに持っていこう」

「佐和紀さん、食べない？」

子どもは無邪気だ。皐月が、その肩を摑んで、キッチンの外へと追い出す。

「大人はそれどころじゃないの……。おいで。周平さんに怒られるよ」

最後の一言で、幸弘は慌てふためく。

「周平……」

キッチンのドアがぱたんと閉まり、声がくちびるに吸われる。

頰と眼鏡の縁が触れ合い、耳にささやかれる。

「俺の部屋へ来ないか」

ざらっとした声に犯される気がして、佐和紀はぞくぞくっと肩を震わせた。

「まだ、明るいのに」

「雨戸を閉めればいい。おまえの身体を、治してやる約束……」

指が身体の中心をなぞっておりる。佐和紀は帯のあたりで引き止めた。

「酒、飲んだだろう？」

「シンに、車を……。タカシだな。車を出させる」

「キス、すんな……火がつくと、辛い、から……」

喘ぐように言いながら押し返そうとして、できずに引き寄せてしまう。開いたくちびるが重なり、舌先が互いを求める。

いつのまにかキッチンのドアが開いていた。

「三井に車を用意させろ」

硬直していた構成員が、周平の声で我に返る。慌てて飛び上がった。

「は、はいっ！」

走り去っていく騒がしい音を聞きながら、佐和紀は自分のくちびるを拳で拭う。まだ下半身は静かだった。

山荘まで車を回した三井に、周平は万札数枚を握らせた。誰も近づけないようにと命じた周平に手を差し伸べられ、佐和紀は走り去る車を見送った。

「なぁ、ちぃは？」

「横浜に戻った」

「付き合い悪いな」

ただの一度も食事に付き合わなかったどころか、天祐荘にも寄りつかなかった。そういう男だとわかっていてもつまらない。

「あいつのことはあきらめろ」

玄関で抱き寄せられ、くちびるがふさがれる。鍵をかけ、周平がサンダルを脱いだ。

「……万年床？」

和室を覗いた佐和紀は可笑《おか》しくて笑う。

部屋の真ん中に敷かれた布団は、寝乱れたままだ。タオルケットが足元で丸まり、枕《まくら》元《もと》には書類と本が乱雑に置かれている。その上に、洋酒の瓶とショットグラス。寝タバコはしていないようだが、完全に男の一人暮らし状態だ。

よく見れば、パジャマ代わりのハーフパンツとTシャツもシーツの上に脱ぎ散らかされている。

「ベッドの方がいいなら、上に行くか？」

周平が背中からぴったりと寄り添ってくる。夏着物の衿へと指が忍び込み、佐和紀は腰をよじった。

「周平は、どっち？」

「ここのベッドはどれもシングルだ。おまえが転がり落ちたら大変だから、ここの方がいい」

「……落ちるようなことするなよ」

「ちょっとしたことでも敏感なのが悪い」

ささやかれながら指先にいじられ、佐和紀の腰が震える。

「……ふっ……っ」

「新しい刺青を見るか」

腰と背中を支えられ、和室の中へ入った。周平が引き戸を閉める。明かりを点《つ》けなくても、障子を透かして外の光が差し込む時間だ。ざっくりとしたサマーセーターごと肌着を脱ぎ、ワイドパンツをずらす。その下の刺青が、露《あら》わになる。

逞しい身体がなおさら卑猥に見え、佐和紀は浅い息を吸い込んだ。周平のそばに身をかがめる。

「あ。梵字《ぼんじ》」

互いの顔も見える明るさだ。絵ははっきりと見えた。

古い絵に包まれ、新しい絵はまだ生々しく盛り上がっている。

「引っ掻いたりするなよ」

周平はそのままワイドパンツも脱ぎ、下着に手をかけた。あっさりと脱いでしまう男を眺めながら、佐和紀はその場に両膝を揃えた。

繰り返したキスですっかり勃ち上がった象徴を恥ずかしげもなく目で追ってしまう。やっぱり子どもの頃の栄養の違いだろうかと、二人の大きさの差に眉をひそめ、そんなことを考えている場合じゃないと頭を振る。

不思議そうに首を傾げた周平が、シーツの上に脱ぎ散らかされたショートパンツとTシャツを畳に投げた。

「……なんの梵字？」

立ち上がって帯をほどきながら聞く。先に襦袢の紐《ひも》を抜いてから、夏着物と襦袢を一緒に脱いだ。

どちらも汚されたくないときは、さっさと脱いでしまうのがいい。簡単に畳み、自分がうっかり摑んでしまわないように、遠くへ置く。噛みしめるものが欲しくて、着物を唾液《だえき》まみれにしたことも一度や二度じゃない。

「弥勒菩薩《みろくぼさつ》だ」

あぐらをかいた周平が、指を動かす。下着も脱ぐようにジェスチャーされ、背中を向けたが、いきなり臀部をさらけ出すのもどうかと横向きになる。それでも、自分があけすけに眺めたのと同じように見られるのは恥ずかしい。

今までの乱れっぷりとこれからの痴態が、周平の頭の中で一緒くたになって繰り広げられているのだ。思わず、自分でも想像してしまい、身体が一気に火照《ほて》った。

「ちょっと、あっち向いてろ」

指で障子を指差すと、いまさらだろと笑いながら周平が顔を背けた。

「みろくなんとかって、何？　どういう意味？」

ささっと動き、布団の端っこに座る。まったくぴくりとも動いていない股間を隠して、背中を向けた。

「……仏になることを約束された修行者だ。おまえだよ、佐和紀」

周平がいたずらに指を伸ばしてくる。背中をなぞられ、身体をひねった。手を払いのける。

「仏になんか、ならない」

「仏教では、救済者のことだ」

「こんなときにインテリ風吹かされると、勃つものも勃たなくなりそうなんだけど」

「おまえから聞いてきたんだろう」

背中から抱かれ、振り仰ぐようにあごを促される。キスを受け入れ、吸い上げられるままに舌を出す。

ぬるっとした感触がキワをすり抜け、肩が激しく揺れた。のけぞった佐和紀の足に手が伸びて、立てた膝をゆっくりと開かれた。

見られている。

それだけでも胸がせつないのに、少しも反応していなくていたたまれなくなる。興奮はしているし、気持ちもいいのに、そこはまるで別人だ。

「これはこれでたまらなくエロいな」

肩越しに見下ろしている周平の手が脇腹を伝いおりた。

「バッ、カ……ッ」

指先で毛並みをくすぐられる。

「おまえは腋《わき》も生えてないけど、こっちも本当に薄いよな」

「生えてるッ！」

怒鳴り返したが、胸を張れるほどじゃない。腋の毛は申し訳程度にひょろひょろと生えているだけだ。

「まぁ、こっちは生えてるうちに入る」

周平の手が茂みを荒し、小さくうずくまるようなそれに触れた。手の感触はするが、ふにふにともてあそばれ、まったくの無気力なのだとわかった。

「……くすぐったい」

「感覚があるだけいいいな」

「笑いごとじゃない」

本当に治してくれるのか、不安になって睨みつける。

「俺を信じろ」

真剣な目で言われるほどに、信用ならないのが裸で抱き合うときの周平だ。もう幾度裏切られたか、わからない。

「は、はずかしいのは……、やだ、からな……」

「そのかわいさが、俺は恥ずかしい」

言われて暴れ返した。手を振りほどき、

「もう帰る！」

と騒ぐ。

「おまえ、わかってない！　……こんな……っ」

「こんな？」

立ち上がろうとした腕を引っ張られ、身体が傾ぐ。蹴り飛ばせばいいとわかっていても、周平に対してはできない。

立て膝で抱き寄せられ、怜悧《れいり》な瞳で見上げられたら、なおさらだ。

少しも悪いと思ってない目に促され、佐和紀はしぶしぶ本音を口にする。

「おまえみたいな、デカすぎんの見せられて、ただでさえ、男の股間が……」

「『沽券《こけん》』だな」

訂正された佐和紀はくちびるを尖らせる。

「大きさなんてどうでもいいだろ」

背中を撫でられ、腹筋をキスでなぞられる。ぞわりと肌が痺れた。

「んっ……」

「入れる場所があればいいとも思ってない。怒るな。本当だよ」

笑った周平が、自分の眼鏡をはずす。枕元の書類の上に置き、佐和紀の眼鏡も横に並べた。

「い、入れるのは……」

もごもごと口を動かし、周平の肩を掴む。さっきと同じように肌をキスで埋めて欲しくて、腹筋をさらす。くちびるはすぐに押し当たってきた。

「……ぁ、ん……」

「入れるのは？」

「……して、欲し……ぃ」

腹筋がびくびくと痙攣してしまい、手の甲をくちびるに押し当てた。いつもなら、引き上げられるように硬くなる場所が、ふわふわともてあそばれる。

「そうだな。俺も、それは我慢できない」

濡れた舌にへそのふちをぐるりと舐められ、くちびるにするようなキスをされた。ふさがれたまま、繊細な場所を尖った舌先でくすぐられる。

「そ、それ……っ、ダメっ」

笑うと言いかけた声が、喉で詰まった。ぐっと尻を鷲摑《わしづか》みにされ、

「くっ……ぅ……ッ」

大きな手のひらで蹂躙《じゅうりん》するように激しく揉みしだかれる。

力強い指が食い込む感覚と、肉が揺らされる心地よさに、淫蕩《いんとう》な欲望が引きずり出される。開発された性感は、今日も佐和紀を戸惑わせ、迷っている間に深みへとはまらせる。

「あっ、あっ……」

へそをジュルッと吸われ、肉の手触りを愉《たの》しむ指がスリットを掻き分けた。わざといやらしく触れているのだ。

これ見よがしに両の膨らみを割り開かれ、指の一本一本に肉を摑まれる。露わにされたすぼまりを、どの指ともわからない指に探られ、倒錯的な感覚に襲われた。敏感な襞《ひだ》が広げられる。

ない場所だ。

指先でいたずらにつつかれ、焦《じ》らされて腰が揺れる。他人に触られることを想定していない場所だ。

そこで繋がることを知っていても、触れられる瞬間はいつも恥ずかしくて胸の奥がせつなくなる。きれいなはずがない場所だ。なのに周平の指は佐和紀を貪欲《どんよく》に欲しがり、躊躇もなく中へと入ってくる。

「んっ……ぁ」

出たり入ったりする指の動きに合わせたように息が乱れ、

「いいか、佐和紀。『こっち』のことはしばらく忘れろ」

柔らかな股間をそっと揺らされた。

「……ぅ、んっ……」

こくこくと素直にうなずいたのは、もうどうでもよくなっていたからだ。強い刺激を知っている後ろを愛撫され、生まれてくる熱は肌の内側に溜まる。とにかく周平の太さが欲しかった。

押し拡《ひろ》げられ、苦しいほどにこすられることを無言で望み、佐和紀は、押し倒されるまにシーツへ横たわる。

「あっ……はぁっ、あ。……あ、あっ」

敏感に弾む身体を押さえつけられ、キスが肌を這う。

感じる場所ほど強く吸われ、身悶《みもだ》えるとあやすように強く抱かれる。そのたびに、佐和紀は背中へすがりついた。

刺青を指先で摑み、そこで遊ぶ二匹の唐獅子をからかうようにあちらこちらを撫でる。お互いの身体を手のひらとくちびるで貪《むさぼ》り、肌と肌を押しつけ合って求め合う。

絡まる情欲が静かに燃え立ち、佐和紀は、耐えきれずに波打つ身体を持て余した。むずかる腰を周平の肌に押しつけて喘ぐ。

自分でもどうかと思うほど声がとろけ、周平を悦《よろこ》ばせているのがわかる。まるで媚びを売っているようだった。

だけど、気持ちいいのだからどうしようもない。

「やらしい声だ」

聞かされているだけで硬く張り詰めた周平が、佐和紀の太ももに先走りをすりつける。

「おまえの声と、俺のこれと、どっちがいやらしいと思う」

ふいに顔を覗き込まれた。淫欲で濡れた男の目で問われ、佐和紀は喘いで目を閉じた。

「佐和紀。どっちだ」

さらに問われ、首を左右に振った。頭の中にセックスの記憶が甦る。過去の感覚に犯され、追い込まれる。シーツを握りしめ、込みあげる快感をやり過ごそうと試みた。

緊張した全身が痺れ、思わずのけぞってしまう。腹筋が引き締まり、ひくひくと腰が揺れる。

「うっ……あ、ぁっ……しゅうへいっ……。しゅうへいの、が、エロ……ぃ」

「そんな、感じまくって、言われても……なぁ、佐和紀」

「も……やだっ……」

涙がじんわりと視界を滲ませる。

息を弾ませた佐和紀は震えながら、周平の腕に爪を立てた。

「挿れ、て……ッ」

自分から足を開き、ジンジンと疼く身体に指を這わせる。

「まだだ。佐和紀」

「……だってッ……」

もうダメだと髪を振って訴える。自分の指を噛みしめ、開いた太ももを身体に引き寄せた。

「おね、がっ……ぃ。指、入れてっ」

どこをさらしているのか、わかっていても我慢ができなかった。臀部の肉を自分で開きながらのけぞると、そのまま指を挿れてしまいたくなった。

「しゅうへい……ッ」

「なんでも自分でできるようになるなよ。さびしいだろ？」

指がはずされる。同時に、柔らかいままの股間が揉みしだかれた。そこはわずかに芽生えていたが、勃起するには至らない。

周平に覆いかぶさられ、くちびるがふさがれた。這い出す舌を吸われる。

「ぅ……んっ、ん……」

チュクッ、と唾液が絡んだ音がして、もっと卑猥に吸い上げられる。大人同士のキスの淫《みだ》らさを教えられ、佐和紀は両手で周平の顔を摑まえた。

長い舌へと吸いつき、下腹部への愛撫の代わりに奉仕する。

顔を振り、くちびるで柔らかくしごくようにした。

「んっ……はぁ、ぁ……んっん……」

「おまえは……ッ」

肩が押し戻され、周平が顔を歪めた。腰の昂ぶりが佐和紀の肌を打つ。そこへ手を伸ばすと、性器に触れる前に周平の指が絡んだ。

「挿れてやるよ」

待ち望んだ声は、興奮ゆえに低い。

足を摑まれ、佐和紀は四つ這いになる。腰を高く上げさせられ、

「あっ……ぁ……」

周平の息がかかった瞬間に、舌で中心を舐められる。

「んっ、く……」

すぼまりにくちびるがぴったりと合わさるほどに密着して、差し込んだ舌に責められる。掻き分けられた肉は、それでも周平の頬を挟み込んでいるのだろう。周平の指がきつく食い込み、熱い鼻息がかかる。

足を開いて自分で求めるよりも恥ずかしい行為だ。

シーツを握りしめた佐和紀は全身をわななかせた。強い羞恥《しゅうち》はそのまま快感の深さになり、愛する男の激しい前戯に溺《おぼ》れる。

尖った舌では、まるで物足りない。なのに、ヌメヌメと舐められ、突き立てられるたび、腰をよじって感じてしまう。穴から滴った周平の唾液が肌を伝い、眠ったままの佐和紀を濡らす。

「うっ……ぅ。や、だっ……ぁ。い、いく……っ」

射精の伴わないドライな絶頂が小さくゆるやかに巻き起こる。

熱中していた周平がそっと顔を離し、佐和紀は荒い息を繰り返した。

「あっ……はぁ、はぁ……ぁ」

「やりすぎたか？」

悪いと思っていない声はどこか楽しげだ。

「佐和紀、欲しかったのは舌か？」

腰を強く摑まれ、引き寄せられる。尻を摑んだ周平は、その間に猛《たけ》りを挟み込み、ゆっくりとこれ見よがしに腰を動かした。

硬いものが動くたびに、カリの部分で濡れたすぼまりを掻かれる。

「……あ、挿れっ……いれ、て。それ、が……いぃ」

周平の動きに合わせて腰を振ると、先端がずくっと入った。

「いっ！　……あぁ、あぁッ……ッ！」

身体が感じる衝撃とは反対に、頭の芯がふわりと弛緩《しかん》する。

気持ち良さに声を振り絞ると、佐和紀の締めつけで先端がずるっと追い出され、もう一度あてがわれる。

はぁはぁと浅い息を繰り返し、佐和紀は挿入して欲しくて動く腰を懸命に止める。周平の手のひらで、尾てい骨の上あたりを押され、腰をぐっとそらす。

「ほら、佐和紀。おまえの男だ。根元まで、行けよ」

優しいのか酷いのかわからない周平の声が、脳を痺れさせる。どっちでもいいから、好きだと思い、どっちでもいいから、早く押し込んで欲しいと思う。

ぐっと腰を突き出され、待ち望んだ熱が一気に突き刺さった。

ぐりゅっと、いやらしい動きで奥へと道をつける。

「ぅ、あっ、……ぁ、い、や……」

身体がぐっと沈み、もう引き起こせない。佐和紀はずるずるとうつ伏せになった。

「まだだ、佐和紀。半分も入ってない」

「むり……、も、ゃ……」

周平を包み込んだ場所は、待ち望んだ肉に絡みつき、まるで別の生き物のように律動する。そのたびにうっとりするほどの悦が生まれ、佐和紀はぐずぐずと鼻をすすった。

手に触れた枕の端を摑んで喘ぐと、

「じゃあ、そうしてればいい」

甘い声が、佐和紀の肩甲骨をそっと撫でた。チュッと肌を吸われ、ふっと息を吐く。

「んっ」

うつ伏せになった佐和紀の足を閉じさせ、またがった周平が体重をかけてくる。

半分も入ってないなんて嘘だと思っていた佐和紀は、想像した以上の奥を開かれ、身悶えた。

「あっ、あー……っ。やだっ……ぃ、ゃ、いや、いやいやいやッ！」

叫んでのけぞり、ぐっと身をかがめる。

太くて硬い昂ぶりが、狭い場所を押し開き、敏感な柔肉をこすり上げながらさらに進む。

「あぁッ！　やっ、ぁ……」

佐和紀は自分の腕を噛み、獣のようにふーふーと息をする。

「それはやめろ」

どこまでもきつく噛むとわかっている周平が、乱暴に髪を摑んだ。引き剝がされ、手近に投げてあったタオルケットが押しつけられる。

「根元までずっぽり入ったぞ」

「うっ……ぅ」

言葉にならない声は、タオルケットを噛んでいるからだけじゃない。周平を包んだ内壁はこまやかに波打ち、そのたびに周平を感じる佐和紀はたまらずに腰を揺らめかせる。尻の肉を分け、さらにぴったりとのしかかってきた腰はずっしりとした重みで佐和紀をつぶした。肌に男の茂みがさわさわと触れる。

「んっ……ふっ…」

身体の脇から忍んだ指に乳首をこねられ、佐和紀はうつろになりながらタオルケットを摑んだ。

周平が尻の上で揺れるたびに、胸までせつなく刺激されて目眩《めまい》がする。小さく息を吸い、甘く喘ぎながら、敏感な粘膜で周平の形を感じた。

「動いて……。焦らすの……、も、やだ……」

タオルケットをかき寄せて訴える。

「……あんなのと、ぜんぜん、ちがっ……」

比べているのはディルドだ。周平から型を取ったなんて信じられない。あんなものと現実はまるで違う。

佐和紀を責めている熱は、恐ろしく奥まで入り、信じられないほど緻密に欲情を掻き立ててくる。

「どう違う」

「太い……、あつ、くて……。デカくて、ふちがまくれ、て、気持ち、いっ……」

ずくずく、ずく、と奥で先端が動いた。立派すぎる亀頭が、狭く締まった佐和紀を、いっそう苦しめる。

「おまえの中だからだ。……好きだ。狭くて、熱くて、ぬるぬるしてる」

「……ば、か……」

それは中まで舐め回されたからだ。

「もっと、して……はげしぃの……して」

乳首をいじられ、佐和紀は舌足らずな口調で求める。ねだれば必ず返ってくるはずのご褒美は、

「今日は、な」

と、甘い声に取り上げられた。

佐和紀の身体に重なった周平が、ゆっくりと腰を引く。そして、もう一度、ずずっと入り口からこすられる。

「あっ、はっ……ぁ」

胸への愛撫と一緒に動かれ、佐和紀は身悶えた。背中にぴったりと寄り添われ、敏感になった肌を汗ばんだ身体で煽られる。

周平の乳首の感触が、佐和紀の身体に、新しい快楽の線を引く。そこから、じわりと、御しがたい淫蕩な悦楽が滲む。

互いの汗さえ愛液になり、佐和紀は止まらない律動で周平の熱をしごいた。そこはもう勝手に動き、中にいる男を撫でさするように愛撫していく。

「敏感だな」

同じように快感を貪る周平が息を弾ませた。

奥を優しくノックされ、びくびくと弾む肌を力強く摑まれる。

「おまえを起こす約束だろう？　なぁ、佐和紀？」

優しい呼びかけが背中を滑り、佐和紀は薄い肉をしならせる。肩甲骨をなぞった舌が、背骨のひとつひとつを確かめるように舐め、男の骨ばった手で腰骨を優しく撫でられた。

それから尾てい骨が親指で繰り返しこすられる。

「あっ……はぁっ」

滲んだ汗は冷めることもなく、佐和紀は身体中を包む深い快感にふわふわと漂う。

「もう悪いことしないから……機嫌直して」

ささやきが背中をそっと上がってきて、うなじをたどって耳たぶを吸われる。

佐和紀はうっとりと目を閉じ、周平のずっしりとした身体をまた背中に受け止めた。羽交い絞めにされるように抱かれ、ゆさゆさと揺さぶられる。

「んっ……はっ……ぁ」

ず、ずっ、と中で肉同士が絡みつくようにこすれ、佐和紀はけだるく息を吐いた。乳首がシーツにこすれて敏感になり、開いたままのくちびるに周平の指が入ってくる。

だらしなく力の抜けた舌先をもてあそばれ、

「んっ……」

音を立てて吸いついた。

「俺だけに、こんなに開発されて……。いやらしくて、恥ずかしいだろ？」

「……はっ、ぁ」

「俺もだ。佐和紀。締め上げられて、こんなに、気持ちいい」

「んっ、んっ」

「佐和紀、優しく抱いてやるから」

甘くささやかれ、肩を強く吸われる。身体を震わせながらタオルケットに頬を押し当てた佐和紀は、股間の痛みにふと気づいた。

「しゅう、へ……」

柔らかな息を繰り返していた周平を呼び、腰をわずかに浮かす。シーツとの間に、周平が手を差し込んだ。

「んっ……」

握られ、さらに硬くなったものがずるっと顔を出した。

「勃った……」

佐和紀が声を漏らすと、身体を起こした周平は繋がったままで器用に体勢を変える。仰向けになって足を開いた佐和紀は、これまでの人生で感じたことがないほど、自分の股間を懐かしく思った。自慰もろくにしなかったから、勃起してもしなくても気にしたことなんてない。

だけど、やっぱり、あった方がいい。特に、こうしているときは。

根元からしごかれ、感嘆の吐息が溢れる。周平を包んだ場所がぎゅうっと狭まった。

「……感動しているところ、悪いけどな……。かなり限界だ」

ぐっと膝を掴まれ、押し開かれながら胸へと足を折り畳まれる。

「あっ……」

結合の角度が変わってさらに深くなり、佐和紀は目をしばたたかせた。

「自分で握ってろよ。イクまで突いてやる」

じっくりと我慢した分を発散しようとしている周平が舌なめずりする。ぞくりと震えた佐和紀の肌は想像だけで激しく波打ち、周平は嬉しそうに笑いながら腰を前後に振った。

「あっ、あっ……ぁ。ま、って……」

いきなり奥をガツンガツンと突かれ、目の前の景色がぼやけた。

「待たない」

佐和紀の足を肩に担いだ周平が、にやりと笑う。

「ほら、タオルケットならここだ」

「うっ……ぅんッ……。やっ……あ、あぁッ」

ぞわっと全身が総毛立ち、渡されたタオルケットを噛むのも忘れた。自分を愛撫することも無理だ。

「あ、あんっ……あ、あ、あっ……ッ！」

「佐和紀、完勃ちだな。気持ちいいか？　ズボズボされて、がまん汁が出るぐらい、気持ちいいんだろ」

「うっ……、ぁ、……い、い……ッ」

ざらりとした男の声で、耳からも犯されて、佐和紀はタオルケットを抱き寄せて身悶える。がつがつと腰がぶつけられ、大きな動きに内壁がぐちゃぐちゃに掻き回される。それでも抜けないのは、周平が大きいからだ。

その上、いやらしく尖ったカサの部分が、入り口に引っかかる。

「おまえのココが締めてくるから、余計にいやらしい音がする。なぁ、佐和紀」

奥を突きながらわざと動きをゆるめた周平が、佐和紀の顔を隠しているタオルケットを剝いだ。

「やらしくイクとこ、見せて。奥さん」

「……や、やだっ」

ぶんぶんと首を振ったのは、理性の在処《ありか》がすでに不確かだからだ。身体は頼りなく、目元がちかちかとかすんでいる。

「見るよ、佐和紀。おまえのエゲつなく感じるところ、俺が全部見る」

「……あっ、やめっ……」

そそり立っているものを根元からこすられ、佐和紀はたまらずに周平の腕を叩いた。

「触ったら、いく……っ、もぅ、出るっ……」

身体がびくびくと揺れ、腰の動きが止まらなくなる。

「じゃあ、突き出してやるよ」

周平の手が離れ、また激しく揺すられた。

「……やだ、やだ……っ。そこ、やだっ……」

限界まで極まった場所を裏側からこすられる。

「あっ、あっ……」

腰を回しながら突かれ、佐和紀はのけぞった。高まる射精欲求を抑えられず、周平にしがみつく。

「顔、見せて」

あくまで見ながらイクつもりらしい。あごを押さえられ、佐和紀は泣きながらその手首にすがった。

「あ、あっ……きもち、い……、きもち、いっ……。いく、いく……っ」

「浅いの？　深いの？」

聞かれて、

「どっちも……ッ。あ、あ、あ、……ずこずこ、して……。しゅうへい……の、で……ッ。あ、あ、もっ、やだ。きもち、いい。こんなっ……こんなっ……ッ！」

「おまえ……ッ。腰を、そんなに……ッ」

両膝を立て、浮かした腰を揺らす佐和紀をなんとか止めようとした周平が、舌打ちして、すべてをあきらめる。

太ももの付け根をがっちりと両手で引き寄せ、密着させた腰を振り立てた。

「好きに、搾れよ……。最後の一滴まで、おまえのものだ」

「うー、うっ。んん！」

佐和紀の腰がびくっと跳ね、全身が大きく震えた。

「あ、あっ……いく、いく……ぅ。……っ……く」

二人の動きに翻弄《ほんろう》される佐和紀の昂ぶりから白濁が散り、痙攣するような動きに搾られた周平も絶頂をぶちまけた。

「あっ……、おくっ……」

吐精の熱さを身体の奥に感じ、覆いかぶさってくる周平を引き寄せて舌先同士を絡めた。

「もう、一回……っ」

「人をなんだと思ってるんだ」

そう言いながらも、周平の目は情欲で燃えている。抜かずに横臥《おうが》の体勢から後背位に移る。うずくまった佐和紀の腰を抱き上げた周平から欲望を激しくぶつけられた。

中出しの精液が溢れ、佐和紀は乱れた声をあげてのけぞる。喘ぎが悲鳴になり、両腕を後ろへ引く周平に、なおも腰を打ちつけられる。

「あっ……あっ……」

もう泣き声しか出せない佐和紀を抱き寄せ、

「もっとして欲しいなら、俺を興奮させてくれよ」

うなじを舐め上げた周平が要求する。

「うっ……ん、ん……。突いて、もっと……」

「さっきみたいに、俺好みのを言ってくれ。頑張れそうな、いやらしいやつ。なぁ、佐和紀」

そう言われても、すぐには思いつかない。佐和紀は喘ぎながら、言葉を探す。

「わ、かんなっ……も、いいからっ。……太いの、奥まで……ッ」

「佐和紀」

「……ぁ。とま、んな……い、で……っ。う、うっ……」

いじめられて、ぞわぞわと肌が波を打つ。どこを触られても、熱が生まれて、弾けて、周平のことしか考えられなくなる。

「……して、佐和紀のケツ××コ、……して。ぐずぐずに、犯して……」

身体の中の周平が、ぐんと張り出し、佐和紀はたまらずに伏せった。こんな卑猥な言葉で感じる周平も周平だが、それを口にしてでも欲しがる自分も自分だ。

「興奮した」

熱っぽくささやかれ、佐和紀はぶるぶると震える。

これでめくるめく快感に浸れると安心する自分を嫌悪したと同時に激しく責められ、すぐにどうでもよくなった。

「あっ、あぁ……ッ」

目の前が白くぼやける。脊髄《せきずい》から脳までを一直線に貫かれるような快感に、理性はとろけてあとかたもない。

佐和紀は泣いてよがりながら、激しく乱れている周平の息遣いだけを追いかけた。

13

軽井沢での避暑も十日目になり、残すところあと二日だ。明後日には横浜での生活に戻る。

今日からは、京子の父親である大滝組長も孫の顔を見にくることになっていて、岡崎一家は佐和紀たちが帰ってから、さらに二日間を過ごす予定だ。

前日、三井に金を握らせて山荘に籠《こも》った周平と佐和紀は、ところどころ休憩を挟み、そのままどこにも出かけずに一晩を過ごした。周平の携帯電話が鳴らなかったのは、財前との約束の期間も過ぎ、支倉が仕事の連絡を完全にシャットアウトしてくれたからだ。

それでというわけではないが、頑張りすぎた自覚は周平にもある。佐和紀が意識を飛ばして夕食が取れず、夜食を作りながらもつれ合い、リビングで繋がって、冷めてしまったパスタを電子レンジへ入れた。空腹をようやく思い出した身体にはじゅうぶんだったが、それでも周平は、口にものを入れる佐和紀にさえ興奮して困った。

そんな夜の名残が、爽やかな朝に尾を引かないはずがない。

もう嫌だと激しく拒みながら、まるで力の入らない佐和紀の腰を抱き寄せ、悔しさで泣き出した身体の奥へ、欲のすべてをぶつけて果てた。

それがほんの数時間前だ。

リビングのソファーに座り、周平の頭を膝に乗せている佐和紀の気持ちが、まどろみにいる周平にはよくわからない。

半覚醒《はんかくせい》の頭の片隅でいつもの『ラバウル小唄《こうた》』を聞きながら、まだ怒っているなと思う。周平の頭頂部の髪を指に絡め、いたずらに何度も引いているからだ。

痛みはないが、拗ねている気配がする。

機嫌が直った頃に起きようと決めた。

現実が輪郭をなくし、白樺《しらかば》の林を抜けて吹き込む風に、秋の音がした。佐和紀が何かを話している。それは眠っている周平へのひとり言だ。

聞き取ろうとしたが、意識が朦朧《もうろう》としてきて、周平は眠りに落ちる。意識が飛び、次に覚醒したときは、悪い夢を見ていたと思った。悪夢というほど激しくはない。だけど、どこかさびしい気分でまぶたを開く。

佐和紀の手ぐしで髪を梳《す》かれ、どうやら機嫌が直ったらしいと悟る。ごろっと寝返りを打って、周平の寝間着用のTシャツを着ている腹のあたりに鼻先を押しつけた。膝枕は素足だ。

「起きてんの？」

甘くけだるい佐和紀の声はかすれている。

「寝てる」

「起きてんだろー」

耳たぶをこね回され、払いのける。

「……あれだけ好きにしておいて。耳たぶぐらい好きに触らせろ」

恨みがましく言われ、

「辛いか」

目を閉じたままで聞く。

「……朝まで付き合わせてさ、起き抜けにあれだ……。眠い」

「そっちか」

笑うと、佐和紀がもぞもぞと腰を動かした。Ｔシャツの上から、へそを押さえる。

「息、かかるから、やめろ」

「……夢を、見てた」

起き上がり、佐和紀をパイル地のハーフパンツから出た膝の間に挟んだ。抱き寄せて、肩に頬を押しつける。

「いい夢？」

「おまえの夢だ」

「そうだといいな」

照れたように笑うくちびるをそっとふさぐ。

「触っていいか」

「ダメ」

たしなめるように見据えられ、身体のラインが出る肌着のシャツを着た周平はしかたなく手を引いた。おさまったばかりの怒りを揺り起したくない。

つんとあごをそらした横顔の美しさに見惚《みと》れ、そっと抱き寄せ直す。

自分の身体に刺青のあることが夢だったような錯覚に陥る。こっちと、あっち。どっちが現実なのか。境があいまいになった。

この幸せが、子どもの頃からずっと続いている自分の人生の中にあると、それだけが確信できて、目を閉じる。一度は死んだ心のことも忘れ、すべてが延長線上にあることを、はっきりと感じた。

佐和紀が、周平の左手薬指にはまっているチタンのリングをくるくると回す。

「さっきから、うちの変態どもが覗いてるだろ？」

苦笑する顔が胸に染みて、佐和紀の手を引き寄せた。キスして答える。

「ライフルで撃ってやろうか」

「冗談に聞こえねぇよ」

ケラケラと楽しそうに笑う佐和紀の向こう、リビングから続いたテラスの床の端に、四人が隠れている。

ぴょこぴょこと交代で頭を出しては、いつ声をかけようかと相談をし合っているらしい。

「三羽ガラスと……」

佐和紀が名残のキスで目を閉じて言った。くちびるを柔らかくついばんで、

「さしずめ、悠護は旅ガラスだな。やっぱり、打ち抜いてやろう」

そう言って、ソファーから立つ。

「うまいこと言うなぁ。旅ガラスか」

感心している佐和紀をそこへ置いて、キッチンからライフルを取ってくる。正確には空気銃だ。それでも、打ちどころが悪ければ死ぬ。

構えると、四人は慌てて姿を見せた。ホールドアップの姿勢だ。

「殺さないでね。俺の大事な暇つぶしなんだから」

ソファーの背にもたれかかった佐和紀が艶然《えんぜん》と笑う。

「とりあえず、着替えてこい」

ライフルの照準を、ボートネックのサマーセーターを着た岡村に合わせたのは、偶然だ。

無防備な佐和紀は、Tシャツ姿ですくりと立ち上がる。ミニスカートもいいところだ。

かろうじて穿いていたボクサーパンツが意味をなさないほど艶めかしい、すらりとまっす

ぐな脚をさらけ出し、佐和紀はそのまますたすたと退室する。

次は必ず、出し惜しみを身体に教えてやろうと、周平は心に決めた。

佐和紀に染み込んだ淫靡さが自分のものであることをすっかり忘れたのは、テラスの向こうの四人よりも、間近で見せつけられた周平の方が自分の嫁の素肌にやられていたからだった。

＊＊＊

差し入れのピザを受け取った周平が、四人を追い返そうとしていることに気づき、佐和紀は綿紅梅に袖を通しただけで慌てて戻った。もう限界だと繰り返し、四人をリビングへ招き入れる。

「飲み物作ってきます」

と、都市迷彩柄の半袖シャツを着た石垣がキッチンへ向かい、

「アニキ、アルコールですか。タカシ、おまえも来い」

砂地迷彩のパンツを穿いた相棒を呼び寄せる。

「姐さん、何飲む？」

「ビール」

着付けを整えて戻った佐和紀はすれ違いざまに答え、ソファーに座る。その後ろから、悠護が手を伸ばしてきた。うっかり抱きつかれ、

「あーぁ……。佐和紀、治っちゃったんだ。ざんねーん」

「うるせぇよ」

すんすんと首筋の匂いを嗅がれて、顔を押しのける。

「どうやったの？　やっぱり前立腺マッサージ？」

「周平に聞け」

いつまでも抱きつかせたままでいると、さりげなく寄ってきた岡村に引っぺがされた。ネオンカラーのオレンジの上にカーキのオーガンジーを重ねたオシャレTシャツの悠護は、離れた席へと連れていかれる。

「横暴だぞ、岡村」

文句をつけられても、岡村は聞こえない振りだ。

「シン。そのトマトのやつ取って」

笑いながら呼び寄せると、不満を露わにした悠護が周平に近づく。

「なー、どうやった？」

誰が聞いていようがおかまいなしだが、主語を抜いているのは気を利かせた結果だ。

「愛情だよ」

周平がさらりと答えるが、それで引き下がる悠護じゃない。

「はいはい。それは大事だな？　それで？」

「ぎっちりハメてやれば、当たるんだよ」

マルガリータを取り分けていた岡村の手元が狂う。

「んなことで、動揺するな」

皿で受け止めた佐和紀は、指についたソースを舐めた。

「すみません」

「どんな想像したんだよ。言っとくけど、その三倍は酷かったぞ」

「そのわりには、つやつやッなのが、なぁ……」

飲み物を運んできた三井が軽口を叩く。

「また、見学させてよ。今度は環奈も。勉強させてやらなきゃダメだろ？」

悠護がくだらないことを言い、石垣からグラスを受け取った周平が鼻で笑う。

「てめぇが自分で仕込んでやれよ。俺を頼るな」

「また来るよ。……組には顔出さないけど」

「佐和紀の友人としてなら、歓迎しますよ。横恋慕するつもりなら、ぶっつぶす」

周平は悠護に対して、敬語とタメ語を織り交ぜる。どこに切り替えスイッチがあるのか、佐和紀にはわからない。

「あれはよくて、俺はダメなわけ？」

悠護が示したのは、岡村だ。

「おまえは手を出すだろ」

周平がため息をつく。

「出されたくなきゃ、あんまり色っぽくさせるなよ。ダダ漏れすぎて、眺めてるだけで勃起するっつーの」

「抜いてやろうか」

「……こわっ」

悠護が顔をしかめて席を立った。結局、佐和紀の隣に戻ってくる。

「さーわきっ。俺と半分こしよっか」

「いやだ」

あっさり断ると、石垣がソファーの背を乗り越えながら、悠護を押しのけた。

「こっちのピザが、姐さんの好みだと思いますよ」

「おい、石垣……。佐和紀、昔を思い出せよ」

石垣越しに話しかけられ、

「いやだー」

佐和紀は適当に答えてピザにかじりつく。

「タカシ、俺の隣、来い」

石垣がさらに悠護を押しのけて、三井を呼ぶ。

「だからさー、石垣、俺も仲間に入れてよ」

佐和紀からさらに遠くなり、悠護が三井をぐいぐい押しながら石垣の肩を叩く。

「嫌ですよ。あんた、ルール守れないでしょ」

「何それ。初耳」

「俺らのルールは、な」

三井がくるりと振り返る。

「一にアニキを敬う。二に姐さんを怒らせない。三、四がなくて、最後は、エロい妄想は心の中で、だ。女とやる前に、赤玉出るよ」

「わかった、わかった。エロい妄想は心の中な。で、昨日は、何回やったの、佐和ちゃん」

「あんた、わかってんのか！」

三井が叫んで立ち上がり、

「外だ、ソト出るぞ！」

石垣も続く。二人に引きずられ、悠護はテラスへ連れ出される。助けを求められた佐和紀は、へらっと笑って指を振った。

「いいんじゃない。俺が食べ終わるまで、プロレスごっこしてろ」

「数えなかったな」

周平が言い出して、佐和紀は軽く睨む。

「どれを数えんの？　出した回数？　入れた回数？」

その場を離れ損ねた岡村は、床に膝を揃えたままうつむく。佐和紀が声をかける。

「なぁ、シン。おまえも、淫語プレイ好き？」

「は？　はい？」

びくっと身体を緊張させたまま、ぴくりとも動かなくなる。顔を覗き込もうとすると、周平に止められた。

「セクハラだ、佐和紀」

「あ。そっか。ごめん。おまえをびっくりさせるような、エロい言葉でも教えてもらおうかと思って」

「……考えておきます」

生真面目な舎弟の言葉に、

「考えるな」

周平がぴしゃりと言う。でも、岡村は動揺もしない。

「タカシ！　おかわり！」

周平が叫ぶと、犬ころのような三井が駆け戻ってくる。ひとつに結んだ髪がまるでしっぽだ。

「シン、俺もおかわり」

まだ少し残っているグラスを渡し、佐和紀は席を移動する。周平の隣に寄り添い、テラスで楽しそうに組み合っている悠護と石垣を眺めた。

風が吹いて、白樺の梢が騒ぐ。

季節の変わる気配の頼りなさに、佐和紀は握るべき手を探した。指が触れて、熱が伝わる。

「あ！　キスしてる！」

悠護が叫ぶ。

「おまえら、ちゃんと見てろよ！　こいつら、すぐにイチャつくぞ！」

「夫婦、なんだよ？」

石垣に肩を叩かれ、悠護はテラスの床を踏み鳴らす。

「それでいいのか！」

「……悠護さん、冷静に考えて？　札《ふだ》がついてた方が、いいじゃないですか」

石垣の言葉にぐっと押し黙ったのは一瞬だけだ。

「そんなことあるか！」

石垣を平手打ちにしたのを合図に、また取っ組み合いが始まる。

「あいつら、仲いいね」

佐和紀がぼそりと言うと、

「つまらないか」

周平の言葉が返る。

「いや、騒がしくていい」

答えたところに、三井たちが戻ってきた。

生温かいピザを、それぞれが皿に取る。岡村はテラスの二人の分も皿に取り分けた。

呼び戻さずに、終わるのをただ眺めて待つ。三井がくだらないことを言い、周平が混ぜ返す。賑《にぎ》やかな休日だ。

佐和紀は片膝を抱き寄せた。

テラスに注ぐ陽光はまだ底抜けに明るく、夏そのものだった。だから、胸の奥が温かくなり、朗らかな気持ちで周平にもたれた。

身体の奥のおき火は静かに燃え、今夜をもう待っている。

それはここで口にできない。恥ずかしいほど、幸せな欲望だった。

あとがき

こんにちは。高月紅葉です。

仁義なき嫁シリーズ第二部第五巻『緑陰編』をお届けします。『旅空編』でバリ島と仙台へ行き、片恋番外地で呉と宮島へ行き、今回は夏の避暑地・軽井沢が舞台です。

旅行ばっかりしてますね！　それ以外は周平が忙しいので……、察してください。

今回の緑陰編の番外編として作った同人誌『レモネードの夏』はすでに完売ですが、電子書籍『続・仁義なき嫁9～短編集2～』に収録していますので、小ネタが気になる方は、よろしくお願いします。岩下夫婦の短編は、周平のプレイで泣かされる佐和紀です。ちなみに表題作『レモネードの夏』はユウキと能見の避暑地物語で、こちらは、電子書籍『春売り花嫁とやさしい涙・新装版』に収録してあります。

ユウキから佐和紀へ渡された例の誕生日プレゼントはその後どうなったのかという質問をいただきますが……。やっぱり、使ってるんじゃないでしょうか。ふたりのときに。

とはいえ、かなりのビッグサイズなので、普段はもうちょっと普通の太さだと思います。

本編ではオモチャプレイとかイレギュラーな営みは入れ込むのが難しいので、佐和紀初めてのオモチャ&マットプレイは同人誌で書きました（『あまやどり』というタイトルで、同人誌『番外短編再録集4』または電子書籍『仁義なき嫁10~短編集4~』に収録）。

オモチャだけでいいのに、どうしてマットまでやってしまうんでしょうね。嫁とあれこれしたい周平の欲望が透けて見えます。思春期みたいで、それはそれで……ね……。

本編で周平の隠し子問題が出てきますが、今後、子どもがふたりの間に深く入ってきて揉める展開にはなりません。本作発表時に気にされる方がいたので、それだけは宣言しておきます。周平はかなり派手にやってきた人なので、はたけばホコリしか出ません。でも、佐和紀が動じることは今後もなく、家出もしません。新婚当初は、ユウキにちょっとつつかれただけでもフラフラしていたのに……。強くなりました。

最後になりましたが、この本の出版に関わった方々と、読んでくださっているあなたの善意ある『みかじめ料』に、いつもと変わらぬ心からのお礼を申し上げます。

長いシリーズとなりましたが、まだまだお付き合いくださると嬉しいです。

高月紅葉

⋆仁義なき嫁　緑陰編：電子書籍『続・仁義なき嫁5～緑陰編～』に加筆修正

ラルーナ文庫

この本を読んでのご意見・ご感想・ファンレターなどお待ちしております。**〒111−0036 東京都台東区松が谷1−4−6−303 株式会社シーラボ「ラルーナ文庫編集部」**気付でお送りください。

仁義《じんぎ》なき嫁《よめ》　緑陰《りょくいん》編《へん》

2018年5月7日　第1刷発行

著　　者｜高月《こうづき》 紅葉《もみじ》
装丁・DTP｜萩原 七唱
発 行 人｜曺 仁警
発 行 所｜株式会社 シーラボ
〒111-0036　東京都台東区松が谷 1-4-6-303
電話　03-5830-3474／FAX　03-5830-3574
http://lalunabunko.com
発　　売｜株式会社 三交社
〒110-0016　東京都台東区台東 4-20-9　大仙柴田ビル２階
電話　03-5826-4424／FAX　03-5826-4425
印刷・製本｜中央精版印刷株式会社

　ISBN978-4-87919-017-8